我们丛书

壮族作家作品系列

生在平用

Sheng Zai Pingyong

黄佩华·散文集

广西民族出版社
Gvangjsih Minzcuz Cuzbanjse

图书在版编目（CIP）数据

生在平用／黄佩华著．—南宁：广西民族出版社，2019.10（2023.5重印）

（我们丛书．壮族作家作品系列）

ISBN 978-7-5363-7298-6

Ⅰ.①生… Ⅱ.①黄… Ⅲ.①散文集－中国－当代 Ⅳ.①I267

中国版本图书馆CIP数据核字（2019）第216647号

我们丛书·壮族作家作品系列

生在平用

著　　者：黄佩华
出版策划：石朝雄
责任编辑：宾伟贤
装帧设计：张文昕
责任校对：郑季銮
责任印制：梁海彪　张东杰
出版发行：广西民族出版社
　　　　　地址：广西南宁市青秀区桂春路3号　　邮编：530028
　　　　　电话：0771-5523216　　传真：0771-5523225
　　　　　电子邮箱：bws@gxmzbook.com
印　　刷：三河市嵩川印刷有限公司
规　　格：787毫米×1092毫米　1/32
印　　张：7.25
字　　数：138千字
版　　次：2019年10月第1版
印　　次：2023年5月第2次印刷
书　　号：ISBN 978-7-5363-7298-6
定　　价：49.00元

总　序

黄凤显

壮族是世居珠江流域的少数民族，现今人口1700多万，是我国人口最多的少数民族。壮族历史悠久，曾经创造了灿烂的文化，是中华民族文明的重要组成部分。这个在祖国南方世代生息繁衍的民族，与中华民族的其他成员一样，在千百年的历史进程中，创作了大量内容丰富、形式多样、特色鲜明的文学佳作。

提到壮族文学，首先让人想到的是其民间文学。壮族的神话传说、民间故事、山歌、壮剧、师公戏等，皆广为人知。

而壮族山歌尤为著名， 三月三歌节、壮乡歌圩被誉为壮族山歌的荟萃和渊薮。不过，相对于民间文学，壮族的作家文学，人们对它的了解和关注还很不够。

作家文学的产生是与文字的产生联系在一起的。壮族在先秦时就已经有自己的文字。2006 年前后，在广西平果县发现的感桑石刻文，以及在壮族地区先后出土的石器、陶器、青铜器上的刻文、铭文等，就是壮族的早期文字。这些产生于先秦时期的壮族古文字，经秦王朝统一文字或秦火之后，汉代以降已再难延续。现今发现的感桑石刻文等，由于缺乏文献佐证，已较难破译。但是，感桑石刻文中有不少片段在 100 字左右，已比我们常见的甲骨卜辞字数多，其较大的石片刻有 200 多个字符，据称还有一片达到 2200 字，这都赶上甚至超过了西周青铜器铭文的字数（西周青铜器铭文中最长的一篇《毛公鼎铭文》近 500 字）。这么多的字数和这样的篇幅，无疑已是篇章成文。尽管它尚未被破译，且可能是用于祭祀或属于实用文书，但其连缀成篇，中无间断，亦不难想见其架构气魄和辞章文采。所以，感桑石刻这些作者和内容待考的文字，堪称现今发现的最早的壮族文人作品。

壮族创造的第二种文字是方块壮字，亦称古壮字，也叫土俗字，萌芽于汉代，产生于唐代，是由壮族一些受汉文化教育的文人（也包括巫师）借助汉字或汉字的偏旁部首创造的。古壮字直到现在仍在壮族民间使用。1989 年出版的《古壮字字典》收录了大约 4900 个字和大约 1 万个异体字。使用古壮字进行创作，滥觞于唐代俚僚人酋长、澄州（今广西上林县）大首领、廖州刺史韦敬办。由他撰写碑文的《六合坚固大宅颂》碑和《智城碑》，是岭南地区最早的唐碑，其骈赋体碑文富于文学色彩，其中《六合坚固大宅颂》则使用了古壮字创作。自唐代以后，古壮字多为民间麽公、民间戏人和山歌歌师所用，他们用古壮字书写的原始宗教经文、壮剧剧本和山歌唱本既有对口头传唱作品的记录，也有自己的书面创作。

在20世纪50年代拼音壮文出现以前，壮族作家、诗人主要是学习和使用汉文进行创作。目前，存世的这类壮族文人作品多为清代时所作，作者大多是中举、中进士者，其汉文水平足可与汉族文人比肩。这些文人在世时基本上都编有文集或诗稿，20世纪90年代以来，经广西少数民族古籍工作办公室组织力量进行整理，广西人民出版社、广西民族出版社、广西教育出版社等先后出版了多位作家的诗文集，如黎申产《菜根草堂吟稿》、蒙泉镜《亦嚣轩诗稿》、韦绣孟《茹芝山房吟草》、崔毓荃《薰生诗草》、郑献甫《郑献甫文集》、韦丰华《韦丰华集》、曾鸿燊《瓶山诗集》等，而其他壮族著名文人的集子，如张鹏展、冯敏昌、刘定逌等还有待于整理出版。这批诗文集可以说是第一批整理出版的古代壮族作家作品集。

近现代以来，运用汉文创作的壮族作家队伍越来越壮大，其题材内容越来越丰富，创作的体裁也越来越多样，涉及了众多的文学样式。新中国成立前，以曾平澜、陆地、华山等为代表的壮族作家就已蜚声文坛。新中国成立后，壮族作家更是群星璀璨。韦其麟、周民震、黄勇刹、蓝鸿恩、莎红、黄青、王云高、苏方学、韦一凡、凌渡、黄钲、潘荣才、孙步康、农冠品、苏长仙、陈雨帆、农耘等，都是人们所熟知的壮族作家。这些作家的作品都曾先后以单部作品或结集的形式出版，在海内外产生了重要的影响。

2013 年，在中国作家协会的精心策划、组织下，55 卷 60 册的《新时期中国少数民族文学作品选集》由作家出版社出版。这部卷帙浩繁的选集收有冯艺主编的《壮族卷》上、下册，收录了数十位壮族作家的作品，上册为中短篇小说集，下册为诗歌、散文集。上册文末附录长篇小说存目，下册卷后附录长诗、长篇报告文学存目。这是迄今为止编辑出版的唯一的多位作家、多种文体荟萃的壮族作家作品选集。

2018 年是改革开放 40 周年，恰逢广西壮族自治区成立 60 周年，今年又正值新中国成立 70 周年大庆，这是展示、回顾、总结和检阅壮族作家创作，尤其是新时期以来壮族文学成就的良好契机。广西民族出版社出于自身的出版定位和社会责任，组织力量、自主投入，编辑出版这套“我们丛书·壮族作家作品系列”。

这套丛书共 11 册，收录了 11 位壮族作家的小说、散文和诗歌作品。入选的这 11 位中青年作家，都是新时期在文坛上活跃的壮族文学创作翘楚。丛书为每位作家单独编辑了作品选集，小说类有凡一平《合唱团》、李约热《一团金子》、陶丽群《被热情毁掉的人》，散文类有冯艺《除了山水　还有什么》、牙韩彰《屈指家山》、石一宁《履痕心绪》、黄佩华《生在平用》、黄鹏《家园气象》，诗歌类有荣斌《尘土之河》、梁洪《一个饺子的距离》、三个 A《魔术师》。看这份名单和书单，不难发现两个特点：一是作家的选集属于“本色行当”，如以创作小说、散文、诗歌著称的作家仍选其小说、散文、诗歌作品，像小说作家凡一平、李约热、陶丽群选的是小说，散文作家冯艺、牙韩彰选的是散文，诗人荣斌、梁洪选的是诗歌。二是作家的选集似乎有所“跨界”，如在小说创作上实力雄厚的黄佩华，选的却是散文，著名文学评论家石一宁和诗人黄鹏，选的也是散文。这种看似“跨界”的努力，实则是跨越，代表了他们在文学创作领域的新开拓。如黄佩华，近年在潜心于小说写作、不断推出新作之余，陆续发表了一系列抒写壮族和壮乡的散文佳作，颇受读者喜爱；石一宁在对当代创作进行较全面系统的点评的同时，用散文笔调记下自己的履痕心绪和寄情哲思；平素写诗的黄鹏，其散文作品则灌注了浓郁的诗情画意。

从书作品的选取，既考虑到作家的代表作，也充分考虑到作家的成长历程，让读者从中了解到作家创作渐入佳境及其风格形成的经过，尤其是认识和理解一个壮族作家是如何扎根于壮族文化沃土，参照壮语（母语）的表达方式，运用汉语进行文学创作的艰辛探索之路。因此，阅读这些作品，我们可以看出：凡一平小说那壮族式的机智、幽默及其传奇性是如何形成的，冯艺散文那种文化底蕴和人文关怀是如何集聚的，李约热小说的那种怪诞和黑色幽默是怎么炼成的，陶丽群是什么时候开始关注边陲小镇的小人物及其人性的扭曲与张扬的，荣斌的诗歌是如何贴近时代语境、抒写当代人真实灵魂的，牙韩彰是如何从惯常的写实手法转换为一种游刃有余的抒情的，三个 A 是怎么从一个年轻的壮族小伙子成为诗坛新锐的，等等，不一而足。还是回到编辑这套丛书的初衷，那就是对当下壮族文学创作和壮族作家的成长进行展示、回顾和检阅。

既如此，丛书所选的作品就并非全是作家们的新作、近作。有些作品需要置于其创作和发表时的时代语境下解读。正如凡一平在《合唱团》后记中说的：“这部集子其实是那个年代青年彷徨、思索和奋斗的记录。这些作品所体现的对社会的认识、对生活的体悟、对人生的思考，甚至文本和话语等，自然就带上了那个年代的印记。”这应该作为阅读这套丛书作品的一个基本思路。

在选编这套丛书的过程中，出版社编辑和作者进行了多方沟通和协商。对于入选作品，编辑只对明显的舛误订正，原则上不做另外的加工修改，以尽可能保留作品的原貌。不过，编辑壮族作家作品系列丛书，对广西民族出版社来说是一个新的尝试，疏漏或缺点在所难免。我们在衷心祝愿壮族作家不断取得更加丰硕的创作成果的同时，也诚恳希望作家和读者给我们多提出宝贵的意见，使我们的编辑出版工作得到改进和提高。

2019 年 10 月

黄佩华·散文集

目　录

第三辑　食色江湖

第四辑　文场暖事

第一辑

生在平用

生在平用

如果让我选择一个地方不能忘记，那我肯定会选择平用。

平用不仅是我的出生地，而且给我留下了人生最初的印记，留下了童年生活难以磨灭的痕迹。纵然，这些印记和痕迹有快乐和幸福，也有悲伤和痛苦，但对于我的人生而言，那段时光依然是那般美好而有趣。

平用，是桂西北山区一个普通的地名，是一个小村子。这个依山傍水的小村，就像一颗散落的星星，深嵌在云贵高原南缘一个小小的皱褶里。

平用，在当地壮语的称谓里，意为一块平缓的坡地。村后是一座形似巨人手掌的大山，集中的一条山脉如一根手指，自南方逶迤而来，到了平用这个地方便逐渐平缓，最终一头伸进驮娘河的怀抱中。

其实，平用并不是我们家的祖居之地。是因为平用肥沃的土地和河流吸引了我的父亲，使他毅然决然离开祖居之地。从我学讲话开始，我就逐渐注意到，我的父母亲和哥哥姐姐们，他们说话的语调和平用村的很多人有很大的不同。后来我才晓得，我们家原本并不住在平用，而是一个外来户。大人们说，在我出生前些年，也就是1953年，我们家才从一个叫岩怀的地方搬迁过来。我的几个哥姐均是在老家岩怀出生的。那时候，一些平用人把我们家称为讲岩怀话的坡上人。听得出来，这种称谓含有些许贬义。

由于我们家是后来者，父亲就把家安在全村的最高处。如果平用是一张脸庞，那么我们家就处在额头的位置上。这里不仅坡较陡，而且远离水井，远离河边，远离学校。开始我并不明白，父亲为何要选择这样一处半山腰来建房子，出门都要上下坡不说，一家人单门独户的也显得有些孤僻。后来，我才渐渐懂得父亲的用意，其实他是不想去与老平用的住户们争地盘，也不想低三下四地去求人给一块宅地。后来我还晓得，我们家刚好处在去老家岩怀的路口，老家来人或是我们回老家都不那么招人惹眼。从这点细节上可以看出，父亲做人很低调。

把家安在高处，或许，当初父亲的本意只是不想让别人说闲话，甚至还有点自我惩罚的意思。但是，后来还是招来了非议。才迁到平用两三年，父亲就偶然认识了县里一位姓马的副县长，并在马副县长的举荐之下，成了县法院的陪审员，时不时要骑马到县里小住几天。只可惜父亲文化水平不高，最终没能成为正式的法院干部。不过，我们家的好事还是接踵而来，先是我大哥被保送到首府南宁读书，成为桂西民族师范学校的一名学生。接着，我二哥应征入伍，成了一名光荣的中国人民解放军战士。我大姐不久也进林场当了工人。要不是20世纪60年代初的那场大饥荒，好运或许不会中断。这些接二连三的好事，都发生在我们家，发生在一户外来户家里。于是村里就开始有人心里不平衡了，不时有人聚在一起嘀咕议论。后来人们得出的结论是，因为我们家建在了“风水宝地”上，占据了“龙脉”，所以得了“风水”的好处。接下来的事情有些让人啼笑皆非，不仅我们家成了一些人嫉妒的对象，而且开始有人往我们家宅地靠拢。没几年时间，他们就把房屋建到我们家后面和前面，甚至把我们家院子都挤掉了一大半。

我们家在平用村最高的山坡上安顿下来后，父亲就开始四处找地垦荒造田。因为是后来者，那些靠近水源便于开垦的地方早已被别人占据，父亲只好到一些远离村子的地方，一分一块地挖，一厘一片地造。然而，因为我们家人口多，新开垦的田地太少，口粮不足成了家里面临的最大问题。每年春天，父母亲便不得不四处走动，去亲戚朋友那里赊借粮食，以度过青黄不接的季节。父母亲千辛万苦讨借回来的粮食品种混杂，有稻米，有苞谷，有高粱，有红稗，有小米，甚至还有红薯、南瓜、黄豆、饭豆之类。父亲认为，只要能够填饱肚子，什么都可以借，什么都可以要回来。然而，在饥荒之年，这些五谷杂粮拿回来后，并不能够饱餐一顿，而是往往要和一些野菜、山薯、果子拌杂食用。

那些年月，父母亲寻找粮食的足迹几乎遍布周边的村寨，远的到达邻省的云南、贵州。要出门找粮食，总不能两手空空去见人吧？为了备些见面礼，父亲可谓是挖空心思。他晓得，住在高山上的苗族、瑶族老同老庚难得吃鱼，于是几乎每天晚上，他都要背网下河捕鱼。而母亲则把父亲捕到的鱼烤成鱼干，以备急需。

在借赊粮食的过程中，父亲和母亲分别遇到了一些好心人，这些善人不仅有汉族、壮族，也有苗族、瑶族，甚至还有傣族、彝族同胞，有的认作老庚或老同，有的成了至交。多年后，尽管我们家境渐渐转好，父母亲依然没有忘记当年这些有恩之人，依旧常来常往。

父亲觉得，再这样四处借讨粮食并不是长久之计，要彻底解决问题，必须有足够耕种的田亩。于是，父亲决定开垦更多的田地。他带领全家来到河下一个叫那瘦的地方安营扎寨。虽然那瘦是一片宽若数亩的乱石滩，紧傍驮娘河，但芦苇灌木丛生，土地瘦瘠，又远离村子，远离沟溪，别人都不敢靠近。父母亲和年少的哥哥姐姐们一道，一棵树一丛草地挖，搬走一挑石头，又挑回两担土。经过两三年的不懈努力，终于开垦出了一片四五亩的田块。然而，光有田没有水，就不能称为“田”，也不能种植水稻。于是，父亲又决定在驮娘河上筑坝修水车，提水灌溉刚造好的几亩田。

造水车，得先用河卵石在几十米宽的河面上垒筑一道水坝，把水位提高，形成落差，这样才可以推动水车运转。此外，还要从山上砍来各种木头，用于制作车轴、支架和车身。而修造水车对于父亲来说，是一件陌生而又富于挑战的活路。他虽说会做些木工活，却从未做过水车。因此，他一边向别人求教，一边自己学习动手。筑水坝，造水车，这一切都需要耗费大量人力物力。为了完成这个大工程，父亲就让家人跟别人换工，或向别人借工。历时半年多的辛劳，水车终于咿呀转动，一筒筒河水被水车舀起提升，流进新开垦的田块里。从这时开始，我们家在平用才有了真正意义上的稻田。然而，父母亲在自己用血汗开垦的水田里耕作不了几年，一场发生在中国大地上的人民公社化运动，就把所有的田地收归集体了。更令父母亲迷惑和沮丧的是，因为平用村比别村田多，还因为那瘦田瘦低产，离村子较远，结果被硬生生划给了下游几里外的黄扭村耕种。

对于我来说，老家的概念似乎到了平用就终止了。然而，对于父母亲和哥哥姐姐们来说，老家不仅属于平用，还属于岩怀。岩怀有他们住了几代人的老屋，有祖父，有叔叔和姑姑，有数不清的亲戚朋友。因而每当他们说到岩怀时，都不约而同地称之为“我们那里”或“我们那个地方”。受到大人们的影响，在当时我幼小的心灵里，岩怀的吸引力同样也是巨大的。在我的印象中，每次父母亲回岩怀，或是岩怀那边来人，都会带来一些让我期待的食物，比如各种水果、甘蔗、肉干、糍粑等。

待到我也可以随父亲翻山越岭走到岩怀的那天，我终于发现，这是一个怎样好的地方了。我觉得，岩怀的每个人看到我时，脸上都堆满了笑容，都喜欢在我头上或者脸上摸捏一把。每到一个亲戚家，我们总是能够吃到好吃的食物，我的口袋里总是装满了熟鸭蛋。后来我才逐渐晓得，其实岩怀很贫瘠，生存条件恶劣，主要以耕地为主，为数不多的水田大都分布在多处小山沟里，除了盛产油茶和红椿树，其他都比不上平用优越。然而，岩怀人是善良而热情的。老家人喜欢我，也是出于对父亲的好感和尊敬。

我还晓得，我们家原来也不是老家岩怀的原住民，几代前才从邻省广南县搬迁过来。而更早的老家，则是在西江下游广东南海县（今佛山市南海区）。老辈人都说，大约清代末期，有黄家三兄弟为了躲避战乱，溯西江而上，寻找落脚繁衍之地。其中，一个落脚贵县（今贵港），一个落脚平果，一个流落云南省广南县坝美一带，成为我们的祖先。

生在平用，是上天对我的眷顾。

2010 年秋于南宁

驮娘河

在云贵高原南缘，有一粗一细两道大地的皱纹，粗的是红河[①]，细的便是驮娘河。

听老人们说，平用这个地方原先并没有人迹，是野兽们的乐园。是驮娘河给这片平缓的坡地带来了灵性。这条源自云贵高原的河流，缓缓地从西南方向流下来，在平用前面绕了一个大弯，便向东南方向踅去。驮娘河对于平用，就像一双张开的巨臂。由于驮娘河亿万年的冲刷，平用村对岸的左边形成了三座陡峭的大山，而那三座山体就像是巨人厚实的胸膛，把一个娇媚的平用村护拥在了怀里。对岸右边的下游，

① 红河：红水河。当地壮族群众习惯称之为“红河”。

则是一片数百亩宽的田垌，足够一村的人世代耕种。

小时候，我时常站在院子一角的晒台上，朝太阳升起的山坳上眺望。心想，太阳公公每天早上都从河对岸右手边那个山坳上升起，然后从左手边的山顶上落下去，他每天夜里都在哪里睡觉呢？稍稍长大后，我望着滔滔流淌的驮娘河，同样心生疑问：这些水每天从早晨流到晚上，从春天流到冬天，它们都流到哪里去了呢？是不是也像太阳一样循环往复，从河下又流到河上去呢？终于有一天，我游过了驮娘河，爬上了太阳每天升起的那个山坳。终于晓得，那个太阳睡觉的所在还离得太远太远。也终于晓得，驮娘河里流淌的那些水，永远都不会回头了。

当初，知晓有一种东西叫作河，是从母亲嘴里听到的。母亲每天都挑一副木制的水桶去挑水，每一趟都去得很久很久。当我哭闹着扯住母亲的裤脚要跟去时，她都不让去。她吓唬说，河里有图额（水妖），小孩子去了就会被拖下水。尽管母亲不肯带我去，但每次回来，都会给我带上一只小螃蟹或是一颗好玩的小石头。尽管我未曾到过河边，但我晓得，河里不仅有螃蟹和好玩的小石头，还有好吃的鱼。

有一次，我终于牛性发作，不顾母亲的劝告和吓唬，边哭闹着边连滚带爬地沿着母亲离去的方向跟踪而去。当我在半坡上和刚担水回头的母亲相遇时，她并没有责骂我，而是找一个地方放下水担，然后抱起我又往回走。母亲把我抱到有很多水的地方，又好气又好笑地说："喏，你不是想看河吗？这就是河啊！"我第一次看见这么多水，急忙挣脱母亲的怀抱，踉踉跄跄地朝河水扑去。

母亲赶忙将我一把拽住，然后蹲下来，用河水把我脸上的泪痕擦去，又帮我把一双脏手洗净，接着又用双手掬了把河水让我喝。我不太记得那时候自己多大了，只记得那是个阴天，老天阴沉沉的。母亲说要下雨了要回家了，我又不乐意地哭起来。母亲不管我怎么哭闹，背起我就缓缓地爬上了回家的路。她把我背回到家，才又回头去把水挑回来。她还没回到家，天上就响起阵阵雷声，顷刻间，大颗大颗的雨点砸在地上，冒起一阵烟。我站在屋檐下，焦急地向路口张望。母亲终于出现在迷蒙的雨中，因为地上湿滑，她只好一步一步地担着水慢慢往回走。我晓得自己闯了祸，便躲到一边，看着被雨淋湿了身子的母亲把水倒进缸里，又进屋去换了衣服。我以为要挨一顿打，但母亲并没有惩罚我，也没有把这件事告诉父亲。

这就是我第一次与驮娘河亲密接触的过程。至今回想起来，我仍然深感内疚。要不是我的任性，母亲就不会被大雨淋湿。母亲不愿带我到河边去，是因为她还要挑水洗衣或背别的东西。稍长大后，父亲才偶尔带我到河边去，教我游泳，让我在河岸上观看他撒网捕鱼。终于有一天，我也被允许跟小伙伴们到河里去玩水了，我便像一条鱼一般，一头扎进水里。我们都一律脱得赤条条的，或玩独木舟，或跳水，或潜水，或打水仗，或围捕小鱼，快乐极了。不过，父亲和母亲不同，他对我到河边游玩采取了严厉的管制。主要原因，是我每次到了河边就把别的事情都忘记在了脑后，常常忘了回家。另外，父亲总以为我和别的孩子不同，不谙水性，生怕我有个三长两短。为此，我因为玩水而招来了父亲不止一次的毒打，他甚至把我的衣服收回家。尽管父亲的惩罚如此严厉，但依然没能阻挡我对河对水的热爱。

不仅是父母担心孩子们，平用小学的谭老师也加入到了监管的行列。每天中午的休息时间，也是我们无所事事的时候。谭老师生怕我们下河玩水出事，就想了些怪招来对付我们。开始时是用钢笔在每个人的手掌上写字，结果弄得我们在家都不敢洗碗，搞得家长都有意见。后来谭老师又改在手腕上写字，以为这样就可以治我们了，殊不知我们还是照样下河游水，只不过游泳时把那只写有字的手举过头顶罢了。

驮娘河给我们这些河边的孩子带来的不仅是乐趣，而更重要的是丰富的营养，这些营养便是取之不尽的鱼类。那时候，在河上捕鱼并不只是大人们的专利，连孩子们也有自己诸多的捕鱼方式。我最早学会的方式是用鱼笼捕鱼。春夏之交，河水渐暖，是鱼类的繁殖季节，这时候鱼儿都喜欢到浅滩觅食产卵，尤其是夜晚。这样，就给了孩子们施展本事的时机。我们预先在浅水处用卵石筑砌一个漏斗状的石墙，在深水处开一个口子，然后，将菜籽、芝麻、花生麸之类的香料烧烤后用石头压放在围墙内水中。鱼儿经不住香饵的诱惑，便纷纷闻香而入。这时，守候在一旁的孩子们，便推选出一个动作敏捷者，提着鱼笼，摸黑悄悄摸索到口子处，猛然将鱼笼卡放在口子上。他得手后，其他孩子才一拥而上，用石头或稻草堵住鱼笼周边的缝隙。接着由里到外进行地毯式驱赶。鱼儿无处可逃，只好乖乖钻进笼子里。

随着年纪不断增大，平用孩子们捕鱼的方式也不断发生变化。比如帮大人撑独木舟围渔，比如做鱼梁、鱼罩，撒网等，其中，最为有趣的便是设鱼牢。做鱼牢的地点一般选择在一些水流较浅且缓的滩头。我们砍来嫩楠竹并将其破成四块，然后用野藤套上条石，先将竹子绿皮朝外、内朝里固定在水里，再将另一条竹片安置在对面五六尺处，同样用竹片堵住两头，呈长方形状置于河中。奇怪的是，一旦那些觅食游动的鱼儿从不同方向游进“牢”内后，便都被白色的竹片吓住了，乖乖地钻进事先做好的鱼礁内，老老实实地待在里边，任人用鱼叉或徒手将其捕获。

春末夏初的驮娘河上，暖风习习，渔火点点，除了鱼儿的跳跃，还有大小男人们的笑声。

2010年秋于南宁

父亲也是一条河

我的家乡西林县八达镇平用村在云贵高原南缘的驮娘河畔。这里地处桂、滇、黔三省区交界，北邻贵州，西与云南接壤，区域内有桂西第一高峰岑王老山和第二高峰金钟山。华南地区两条重要的江河流经此地，一条是红水河上游的南盘江，另一条是右江的上游驮娘河。在我朦胧的印象中，我一直生活在这大山的皱褶里，抬头仰望高耸的大山，低头卧饮滔滔江水，直到有一天我离开了父母，离开了故乡。

我出生在一个人口众多的农村家庭，上有 4 个兄长和 2 个姐姐，下有 1 个妹妹和 1 个弟弟。不幸的是，由于当时缺医少药，家境窘困，我唯一的弟弟 3 岁时便罹患重病夭折。失子之痛令我父母亲对我们 8 个子女呵护有加。我这个小儿子和我的妹妹，得到了父母更多的恩宠和庇护。在我幼小的心中，母亲身板单薄，营养不良，但她善良豁达，勤劳能干，和蔼亲切，善待儿女；父亲性情纯朴，为人热情大方，仁厚仗义，爱憎分明，对儿女要求严格，从来不宠不溺。由于我自幼体弱多病，父亲就时常把我带在身边。夜里生产队挑灯开会，父亲几乎都是站在一旁，边听会边让我趴在他宽厚的背上睡觉，我偶尔能听到从他胸腔里发出的嗡嗡的共鸣声。

那时候，父亲是生产队的管水员，同时还看护队里的数百只鸭子。他经常在稻田中央的稻草垛上撑起一个小凉棚，把我放在棚里，既可以看到鸭子在稻田中追逐觅食，又让我能远远看见他的身影。

我五六岁时，父亲便开始带我到驮娘河里玩耍，教我游泳，划独木舟。有时还把我举到水牛背上，让牛驮着我过河。稍大一些了，父亲教我骑马，教我如何摸鱼捉黄鳝。有一次，我因为恐惧不慎从马背上掉下来，父亲帮我拍打掉身上的泥土后，不由分说又把我托举到马背上。几次三番，我的胆量和骑术便逐渐提高了不少。

到了七八岁时，父亲除了督促我白天上学、晚上做作业，还带我上山砍柴，打马蜂，偶尔还让我顶替大人去放牛，到山沟里守护稻田不让野猪糟蹋。

仲夏之夜，天气闷热，黑暗的天空不时有电光闪烁，远处传来沉闷的雷声。父亲估摸下半夜要下雨，这是打鱼的好机会。他把沉重的麻线渔网往身上一背，把鱼袋递给我，然后带我钻进黑暗中。父亲谙熟村道上的每一步路，因此不用照明也能顺畅地把我带到河边。要不是铜铸的网脚相互碰撞发出清脆的叮当声，根本就没有人能感觉到我们父子俩的存在。在河水的哗哗声中，父亲撒网的声音越来越远，而独自留在岸边的我则感到越来越恐惧。父亲打鱼，除了卖钱补贴家用，还会拿去送给住在山上的苗族、瑶族老庚。父亲有好几个外族老庚老同，和他们交往，主要是交换一些农资和土产，帮助家里度过那些青黄不接的日子。

后来我才知道，父亲有观测天气的能力。他能通过观看天象知晓阴晴雨雪，能观察鱼、蚂蚁、蛇、蚂蟥、虫蛾、燕子、畜禽的行为预报天气。以至他后来受到自治区气象台邀请，到首府南宁给气象专家们传授经验。

父亲还是一个悟性极高的人。他不识字，却能无师自通，学会替乡亲们看房屋的朝向，算算什么时候可以下基脚，什么时候可以上梁。此外，父亲还是一个手艺不错的木匠，他不仅会做房屋的木梁柱，农闲时节还能帮别人做一些农具，比如谷桶、犁耙，比如挖一条独木舟，这些都不在话下。

孔子说："父在，观其志；父没，观其行。"父亲虽然只是一个农民，没念过书，从少年时开始就给富贵人家打长工，但他为人纯朴善良，待人诚实，乐观向上，因而受到了乡亲们的厚待，也受到家族和子女们的尊重。我们家于 1953 年从一个叫岩怀的山寨搬到驮娘河边。作为外来户，父亲很快以自己的勤恳、诚实和善良赢得了平用村人的信任。他总是教导我们要与人为善，做事不要吝惜力气，不要怕吃亏，不争一时得失。

父亲经常教导我们要行善积德，要懂得感恩，做好事。他不仅把几个孙子的名字起为阿修、阿桥、阿补、阿路（意在让他们长大后要多做好事善事），而且还身体力行，时常修桥补路。村前的驮娘河水面不宽，但水流湍急。洪水季节基本上靠独木舟摆渡，但到了寒冬腊月，河瘦石多，舟渡很不方便，亟须在河上搭建一座季节桥。是父亲带领乡亲们跳进冰冷的急流中，打捞石头垒成桥墩，砍来木头架成桥梁。一次，一个陌生人病倒在河对岸的田间道上，奄奄一息。父亲毫不犹豫地将病人背回家，为他刮痧祛毒，煎中草药给他服用。病人很快转危为安。后来才得知，病人是平果县人，和我们家同姓，是个理发匠。那天从 50 公里外的一个乡镇徒步赶往县城，想不到得了急病倒在路边。若不是遇上父亲，是生是死就难说了。后来这个黄姓平果人就成了我们家的常客，父亲让我们称他为黄哥，待他胜似亲人。父亲去世后，我们给父亲立墓碑，平果人黄应练的名字赫然刻在了墓碑上，排在众子女之首。

像天下众多的父亲一样，父亲是一个对子女极其严苛的长辈。每当我和别人家孩子打架时，无论我是对还是错，总要先受到父亲的处罚。从小他就要求我们尊重知识，尊敬师长，礼貌待人，举止得当。那时候，村里时常下来一些到农村锻炼的大学毕业生。虽说我们家接待能力欠缺，但父亲仍然把大学生视为贵客，好生招待。每天晚上，他亲自点上煤油灯，让我们几个子女跟大学生学习，温习功课，做好作业。村里小学来了老师，父亲总要先去拜访他们，每到节庆，都要请他们来家里吃饭。家里来客，我们要笑脸相迎，大声地打招呼。吃饭时，要等长辈先动筷子，要夹自己跟前的菜，不能翻菜选菜，不能用饭勺刮蒸笼底，以免让别人误会蒸笼里没有饭了。吃完饭要向长辈打招呼，要把自己的碗筷带走，最小的两个孩子要负责收桌洗碗。

父亲的爱像山，永远让我感到厚实沉静，充实有力。父亲的爱又如滔滔江河，承载我们一家顺水行舟，拨浪前行。父亲又是我们人生的榜样，做人的楷模。由于有父母亲的呵护培养，我们几个子女个个都长大成人，各自有了自己的饭碗：大哥读完师范后当了老师，二哥入伍修坦克后成了水电局技术员，三哥当兵回来后当了派出所所长，四哥从一个工人做到自治区政府机关的处长，大姐和二姐分别成了林场工人和供销社职工。至于我自己，也是从工厂走进了大学，最终成为一名大学教师。

1984 年 7 月 4 日，父亲走完了他 70 年的人生路。每当念起父亲对我们的爱护和教诲，我都会有无尽的感激。正如诗人汪国真所云：

父亲是一泓美丽的清泉，让生活洒满恬静；
父亲是一轮明亮的太阳，让生活充满温暖；
父亲是一座挺拔的高山，让生活总是向上；
父亲是一首温馨的歌谣，让生活总是快乐。

当有一天我也成了一名父亲，面对自己的儿子时，我心里总是想，一定要像父亲那样，做一名合格的父亲。父亲是一座山，永远矗立在我心中。父亲也是一条河，永远承载着我前行。

写于 2017 年父亲节

八十老母

我母亲属牛，过了年就八十岁了。

“人生七十古来稀”，其实是一句真正的古话。如今的城里乡间，八九十岁的老人数不胜数，就是百岁寿星也不稀奇了。曾有算命先生说我父亲不如母亲长寿，母亲就满脸歉疚地说应该是父亲比她长寿，她要比父亲先去的。那神情仿佛是她亲自把父亲送走了似的。后来是真的被那先生不幸言中，父亲在他七十岁那年驾鹤西去了。

母亲一生中共生了六男三女。九个子女中，除了老九三岁时患了耳疾不治夭折，其余均健在。我排第七，自然就成了最小的儿子。不言而喻，母亲生了这么一串儿女，是在自然繁衍的状态下进行的——那时还没实行计划生育呢。在以前的乡村，像我家的儿女们有这么高的成活率是鲜见的，从另一个侧面也可以看出母亲是多么称职。生命力强盛的母亲生下她的小儿子那年，已是四十六岁的高龄了。对于现在的人来说，如此大龄的产妇真有些不可思议。但是这次生育的代价也是巨大的，母亲得了产后风，从此落下了颈椎病。

在我的印象中，母亲从来不对儿女们施以棍棒。每当严厉的父亲对我们进行体罚时，她总是默默地站在我们一边，极少帮父亲的腔。过后默默地给我们的伤处上药或者悄悄地留好饭菜，并适时地告诉我们往后别跟父亲作对，别干坏事。家庭中这种一硬一软的教育总会收到较好的效果。严父慈母的组合对我们子女的影响持续了几十年，直到我们长大成人。

老年的母亲本来可以和儿女们住在一起，享受晚年的幸福，但她和父亲都一再拒绝儿女们的盛情，宁愿两老厮守在老屋里，过着平淡简朴的乡村生活。父亲走后，我们都以为母亲会改变原来的执拗，愿意和其中的一个儿子或女儿住到一起了，然而情况却不是这样。

我老家在镇子的远郊，我大姐、我妹和退了职的大哥、二哥都居住在村子里，其中二哥和大姐的屋子与老屋近在咫尺。此外，在县城居住的三哥以及在南宁的四哥和我都希望母亲能来跟我们同住。但是母亲都一一拒绝。当我们再三让她迁出老屋，去与任何一个子女同住时，她竟然动怒了，说：“你们别再逼我了，我会自杀的。”母亲的固执与强硬确实很使我们做儿女的伤心，但我们实在无法再说服她。母亲不愿离开老屋的理由其实不多：其一是说家里没有香火，父亲的魂灵回来了就没人接待了；其二是老屋没人住，在外乡的儿女们回家就没地方落脚了。哦，年老的母亲心里惦记的就是相依为命却又先去的父亲和我们这几个身在异乡的儿女！这就是我的母亲。去年初秋，母亲的体质明显变差，时常生病。怕有不测，我们一致决定把她接到县城来住，方便医治。但才住了一个多月，身体刚有好转，她又闹着回老屋去独住了。

在我从县里调到南宁工作的近十年时间里，我几乎年年都回去和母亲过春节。兄长们也轮流回去探望。尽管年老体弱，行动不便，但母亲仍然养有些鸡鸭，通常还养有一头猪，等着过年的时候我们回去。儿女们回家过年，宰杀她亲自豢养的年猪，热闹一番，这便是母亲一年又一年的愿望。

进入冬天，母亲就把火塘里的火烧旺，等待父亲，也等待我们。

1997 年 5 月于南宁

寄　树

我们那地方有一种风俗，如果一个小孩子生下来体弱多病，那么解决办法通常有两个：一是不把自己的父母亲当父母叫，转而拜称另一对命相合适的男女亲戚为爹妈；二是去寄一棵生命力强的大树。我自小身体就不太好，营养不良，面黄肌瘦的，因此，早早地就被内定为要寄托给别人或者寄树的对象。因为家里兄弟姐妹较多，父亲曾经两次试图将我送给别人当儿子，但因为母亲极力阻止而打消了这个念头。

妥协之后，父亲决定把我寄给村边的一棵大树。此树是一棵大叶榕，枝大叶茂，足有三四个人合抱那么粗大。多年以后我大致测出，这棵树位于平用的西北方，距离驮娘河不足百米，离我家则还要远一些。

举行寄树仪式那天，我穿上母亲特意缝制的一套新衣服后，就和父亲出发了。开始，我并不晓得要到什么地方。父亲让我走在他前边，一路前行，一路指引着我。身后的父亲手里提着一把板锄，肩上挑着一副担子，担子一头是一个鸡笼，里头装有一只鸡和一只鸭，另一头是一只箩筐，装有一些供品。我们走出七拐八弯的村巷，来到一棵大树下。父亲放下担子，便开始忙活起来。

父亲先是铲出了一块饭桌般大的平地，又去砍来两张芭蕉叶，然后一一摆上供品，燃上香烛。那时候我大概只比那个笼子高一点，还不能帮父亲干活。我一直站在一边看，心里既有些紧张，又有些不安。和干别的活路一样，这种活对于父亲来说，已经驾轻就熟了。做完一切后，父亲忽然对着大树深深地鞠了一躬，然后把我扯到根系盘缠的树下，叫我双膝跪地，低头膜拜。父亲站在我的身边，用只有他自己通晓的语言，对大树诉说了五六分钟后，才让我站到一边。在诉说的过程中，父亲的表情始终严峻而虔诚，口齿伶俐而富有乐感。过了十几分钟，父亲才从口袋里掏出一团红线，让我牵住一头，环绕大树三圈。当我哼哼哧哧地把线头交到父亲手上时，他的脸上现出了少见的微笑，那种笑忽然让我感到了一阵温暖。

随后，父亲又庄重地对大树说了一番话，大意是把我的一切都交给大树了，要求大树保佑我四季平安，健康成长。接下来，父亲往树上贴了很多纸钱，又烧了一些。我以为仪式就此结束了，不料父亲竟从衣袋里掏出三只拇指般大的爆竹，让我亲手燃放。我极少有放炮的机会，更不用说放大炮了，心里是既兴奋又有些害怕。在父亲的鼓励之下，我壮着胆子拿起香，颤巍巍地逐个放了三只响炮，然后告别了大榕树。

离开时，父亲说，从此以后，我的生命就寄托给这棵大榕树了。也许是一种神秘的灵性使然，从那时起，不管身在何处，我竟时不时有意或无意地惦念起那棵大榕树来。每次回老家，我都要远远地向那棵树行注目礼。尽管那棵树渐渐老了，一些枝子枯萎甚至被折断了，但另一些枝子依然生机勃勃，浓叶如盖。

2006年秋于南宁

独木舟

在我家乡桂西北驮娘河畔，独木舟曾经是一道风景。

所谓独木舟，就是一种用一棵树木雕刻而成的木船。独木舟有大有小，有长有短，主要是依原木大小长短而定。大的独木舟可以内宽达三尺见方，一次可载两三头牛马，或七八担谷，或十多个人。而那些短小又狭窄的独木舟，则仅能够搭载两三个人而已。

独木舟选用的木料颇为讲究，一般要选择粗大笔直的大树，其中，尤以红椿树为上品。红椿树不仅浮力大，木质较好，而且一般不会变形开裂，经久耐用。制作独木舟时，要由有经验的木匠预先对树木进行目测，评估能够造多长多大的船。

如果是有主之树，则依此讨价还价；若是野生无主树木，也要判断值不值得砍伐，以免造成浪费。

砍树的时机一般在秋冬季进行，其他时间砍伐的树木会因水分大而不易干，也极易被蛀蚀。大树被放倒后，要搁半年左右，待水分七八成干后才可以挖琢，若是造得太早太快，船体会有龟裂或变形的危险。通常情况下，造一条独木舟，一般需要经过选择原木、砍伐、晾干、刻成毛船、再晾干、加工成船、上油等几个环节，整个过程长达一年左右。

那些能够制造独木舟的树木，往往都不长在河边，而多藏在远离河流的深山密林中。为此，运输独木舟的过程往往艰辛而危险。将毛船从山上运送到河边，没有二三十个壮汉是拿不下来的。此时，也往往最能够凸显乡亲们团结互助、齐心协力的可贵精神。

造一条好的独木舟，不仅要有好的材质，更重要的是要有一个或几个好的木匠。那些技术精湛的木匠能够依树木的长势，把船身和船首、船尾设计得合理而又完美。独木舟的头部一定要高昂有力，否则水阻太大，抗击不了波浪急流。船身要造得内宽外鼓，既丰满又有容积。船尾一般比船头略低，但要高过船身，看上去像一把两头翘起的梭子。

独木舟从砍树到下水，一般都比较讲究吉利，都会选一个良辰吉日进行。而所有的环节则以下水仪式最为重要，通常会在下水处供上鸡鸭鱼肉，祭拜树神、水神和龙王，请师公来主持始终。

驮娘河上的独木舟，大体是用来载人搭物的，但往往又会依船体的大小细分为三种用途。第一种是载人送物的体型较大的船。这种独木舟一般停靠在水面宽阔、水深流缓的渡口，供人们过往使用。第二种是中等船体的独木舟，既可以用来运输乘客和货物，也可以兼做捕鱼工具。第三种用途的独木舟体积小巧，主要用来猎渔和代步。未通公路的年代，我家乡平用距离县城二十余里，往县城卖头猪送几担粮什么的，往往都靠独木舟运送。乡亲们嫌养马耗料难管，有点能力的人家几乎都自己打造一条独木舟。

在驮娘河边，人们眼里的英雄好汉，往往都是那些能够在水里打拼的汉子。他们当中，又以撑船的男人最受人敬重。在驮娘河上撑独木舟，主要的工具是竹篙或桨。不过，平用的男人并不喜欢摇桨，而是撑竹篙。因为平用河段河窄弯多，滩浅流急，而竹篙更容易撑控独木舟。每到洪水季节，原本水瘦河浅的驮娘河便变得丰盈而野性十足。这时候，村里的英雄就会出现在人们的眼前。他们都是村里水性最好，身强力壮的青壮年，具有丰富的撑船经验和过人的胆量。他们一般是两人一组，分主篙手和副篙手，主篙手的竹篙稍长，副篙手的短些。主篙手稳踞船尾，既是主力又是舵手，块头往往要比副篙手壮硕一些。副篙手站在船首，要求手疾眼快，动作灵敏，能眼观六路耳听八方。在洪流中驾驭独木舟，更要求主篙手、副篙手胆大心细，配合默契。如果一时手软或者操作失误，就会造成船倾人亡的惨剧。

撑独木舟用的竹篙，都是篙手们精心选择并且亲手制作的。用作竹篙的竹子，是一种近乎实心的石竹，修长，节密，长得不大不小，单手可握，以生长期为三至五年的竹最好。竹子被砍伐后，要立即进行烘烤处理，修去节刺。篙头处被破成五六片，中间楔入一根长约半尺的锥形方钢，再套上铁箍。经过如此这般处理，竹篙的柔韧性和强度得到了加强，篙头更加准确而有力。

其实，驮娘河上的英雄们往往从小就开始和独木舟打交道了。那些还在襁褓中的孩子，他们最初是依靠在父母的背带里乘搭独木舟渡河的。稍稍长大后，他们就时常不分酷暑寒冬地泡在河里，在独木舟上摸爬滚打。待身上有了点力气，他们就开始独自撑着独木舟在河里追逐打闹。河边的孩子，是伴随着独木舟长大成人的。他们当中的佼佼者，几乎都成了雨季与洪水搏击的篙手。

撑着独木舟在驮娘河上围渔，是平用村男人们最富激情的活动。围渔时，通常由三五条到七八条不等的独木舟聚在一起，每条船上有两个乘员，站在船头的撒网，居船尾的撑篙。在头船的一声令下，数条船便呈“U”形向前快速行驶，每前进三四十米就形成一次合围。又随着一声号子声，数张渔网从汉子们的手中抡出，一张张撒开的网带着呼啸声飞落包围圈中。接着，在人们的期待中，在欢声笑语中，在铜铸的网脚清脆的撞击声中，在钢制的竹篙头撞击石头的清脆声中，鱼儿挣扎着跳跃着被提到了船上。对于那些生猛的鱼，不处置一下多半是要跳回到河里去的。情急之下，男人们会张大嘴巴在鱼头上狠咬一口。这一咬，鱼不死也老实了。

围渔的船队会依河势水情而不断地改变前进的方式，每条独木舟都会轮流获得最佳的撒网位置和时机。驮娘河上的围渔活动多于晚间进行，天色越黑越好。将要围渔的当天，人们就到山林河旁采回那些干枯的芦苇秆或芭芒秆，捆扎成一把碗口粗的火把，置于独木舟的舷旁。围渔开始，火把也就点燃了。红红的渔火照在河面上，照在汉子们的脸上，忽明忽暗，摇曳多姿。

早年，平用人使用的渔网是用麻线织成的。人们先把麻丝捻成线，接着用线织成网，再用鲜猪血将网浸泡透彻，然后蒸熟晒干，挂上铜铸的网脚，连上网绳，渔网就做成了。有了网，就可以下河捕鱼了。

独木舟，乘载着平用的孩子们数不清的梦想。随着时代的变迁，曾经的独木舟也和平用人的生活渐行渐远了。

2010 年秋于南宁

少年目光

到了世纪末，怀旧便成了种时髦。我是个普通人，自然也不例外。

现在，我的目光穿越一万个日子的时空，回到 1971 年。那年夏末的 9 月初，我刚在乡下过完暑假，回到县中学开始读高一，却继续啃那堆硬骨头般的初中课本。一天下午，校领导突然把我叫到办公室，说有上级领导找我。我怀着忐忑不安的心情进入办公室，两位领导就用审视的目光在我身上打量。其中一位姓杨的领导在我们小县城是个很出风头的人物，时常提一只半导体喇叭出现在各种场合。穿一件褪色旧军装的杨领导问我愿不愿意参加革命工作。他特别强调是到县革委去工作，具体的岗位是通讯员。我当时似乎没做什么表态，他们就走了。当时满天下都流传读书无用的论调，认为读书毕业了就去当农民，那是读书人的唯一出路。我要参加工作的消息在校园和亲友们间传开后，几乎所有的人都不反对我工作。然而，那时候我还未满15岁。这般年纪参加工作，也算得上是荒唐年代的荒唐事了。

告别校园，我进了机关。那时候的县革委是个工作效率极高的党政机关，仅三大组（办事组、政工组、生产组）就包办了全县的一切领导管理职能。在这样的机关里工作的人都是经过严格审查挑选后进来的。我的加入自然得益于我的家庭出身。来前我就听说，通讯员的主要职责是给领导打杂，有马养马，还要照顾领导的起居。我到任后，知道骑马下乡已成为过去。我的工作是给领导的会议室和办公室搞清洁卫生、打开水，此外，还兼收发文件、分送报纸，还要协助文印室印东西、装订文件。总之，通讯员的工作既新奇复杂又富于挑战性。

不久我才得知，县革委里的工人比例极小，只有打字员、司机、炊事员和通讯员几个人，其余的人都是干部，都很有优越感。我因年纪小，通常人们都叫我“小鬼”。也有叫小黄的，但都是当面叫，背后肯定还是叫“小鬼”了。因趣味相投，打字员老覃、小马，炊事员小韦便成了我在机关中最玩得来的同事。小马是南宁知青，他来那天恰好是9月13日，东家从80公里外的乡下冒雨用马送他出来，那匹可怜的马竟发病不治死了。小马很快便被起了一个叫“马仔”的外号。他是山东人，牛高马大，饭量也很大。他篮球打得不错，不久就进了县队，连地区队都想要他，可是领导不放。领导说他前途无量，到地区队最多到某厂矿去当工人，业余打打球，根本还是个工人。我那时才一米五六，骨瘦如柴，时常跟在马仔身边，像个影子。马仔除了吃饭堂的饭，还时常到县饼厂买回一袋袋 5 分钱一只的白糖饼，买来买去，竟与商业局一个姓罗的女知青熟悉了。罗姑娘长得小巧玲珑，面容端庄秀丽。她显然是对马仔有好感了，时常用军用绿挂包装满满的一袋饼或当时鲜见的水果来。每次，马仔都照收不误，都请我和老覃共享，但对于情感问题则故意避而不谈。我说："你老吃人家东西，又不理人家，好像不妥吧。"马仔坏笑说："不吃白不吃。我都不怕吃，你怕什么呢？"后来我才明白，马、罗之间其实是剃头挑子一头热，女的有意，男的不想。今年初的一次聚会，当年的马仔、罗姑娘和我碰到一起，我有意扯到这件事，马厚着脸皮说了几句不痛不痒的话，罗似乎还有些在意，我作为第三者自然也少不了几句辛辣。好在大家都刚喝了几杯，胆子壮，脸也不会红了。其实，那时候的马仔也只比我大不了多少，没到 20 岁，肯定还不太懂什么爱情、女人之类的，而罗姑娘则早已春心萌动了。

在我眼里，那时候县革委的干部是很牛气的，不仅在外面趾高气扬，在单位也是如此，尤其对我们几个职工更是颐指气使。炊事员小韦对其中的几人恨得咬牙切齿，总想找机会整治他们。小韦整人靠的是手中那把勺子。那时候猪肉很少，一个星期才吃上一两次，早餐一般都吃粥或者面条，粥多为猪骨头粥和猪油渣粥。油渣是浮的，骨头是沉底的，轮到那几个干部来打早餐，是骨头粥小韦就舀上面的，是油渣粥他就舀盆底的，这样，有的人甚至连一粒骨头屑、一颗油渣都没吃上。而我和马仔的碗里自然就满是骨头和油渣了。小韦心情不错时，我还可以吃上猪脑什么的。正是长个头的年纪，小韦的举动令我至今仍然感激不已。

那年月的人除了期待吃肉，还期待看电影、看演出之类的娱乐。电影好说，排队买票一般都能看上，难得看到的是文艺演出。许多时候，县文艺队演出是为县里的三级、四级干部会议演的，票分来分去很难分到我们手上，有时候经过特许，我们得以跟在领导身后混进去，或在过道上加张椅子，或者去干拉幕布的活，这样都能够看到演出。马仔个大有力，有时滑轮转不利索，他整个人就吊起来，加上我的重量，那两幅大幕才缓慢地移动，动作慢了，还会招来演职员的斥责。有一次，是先放电影后演出，守门人也换成了电影院的。我和马仔又想混进去，不料被一名叫罗大炮的小胡子男人截住了。我们慌忙声明我们是县革委的。罗大炮是见过世面的，他不吃这一套，干笑道："县革委怎么样？县革委就没有流氓散仔了？"马仔争辩了几句，罗大炮竟抓住马仔胸口的衣服想提起来，但又不及马仔高。尴尬之中，一个领导过来圆场，把我们放进去了。后来我获知，那个罗大炮在"文革"时自己一个人成立了一个叫作"独立寒秋"的战斗队，打一面红旗天下走，可见此人不是一般的倔，也不是一般的怪。

我今天从事文字工作多少与那段时光有关。当时县革委重视宣传报道的程度是空前绝后的。政工组领导下的新闻报道组有四五个写手，阵容强大。为了见报，笔杆子们很快培植和制造了两个典型：一个是县革委主任兼县武装部部长，另一个是一位苗族老者。那位姓杨的苗族老人生活在远离县城的山寨里，留有一把花白的山羊胡子，实际年纪不到80岁，但在报道组的笔下竟成了百岁老人。一旦北京有什么重要新闻发布，报道组就赶忙做出相应的文章，一方面是军队的红人，一方面是苗族百岁老人，他们如何如何坚决拥护，又如何如何认真学习，又如何如何表示。这些未经采访的文章一旦寄出，总会在大报上的显著位置发表。见报率高，笔杆子们自然十分受到器重。他们每天最为急迫的事情便是等待报纸的到来。班车来晚了，邮递员送迟了，或是我因其他事来不及开收发室的门，往往都会受到笔杆子们一番责备。如此火急火燎，唯有嗷嗷待哺的婴儿与之可比。许是受了他们的影响，后来，我竟也学着他们拿起了笔。不过，为了对得起本性中的那点良知，我所从事的是虚构的文字。如果那时候我也是一名写手，那么我和报道组的几名前辈大概没什么区别了。

有个叫海的人，在大院一隅的印刷厂工作，时常趿拉一对旧凉鞋上班。有一次不知是谁往他的鞋里放了一点油墨，把他的脚丫弄脏了。他恼羞成怒，竟怀疑是我干的，吃午饭时追着我打，无奈我年少体弱，抵抗不住。这事多少使我认识到有些人是不讲道理的，只要有实力就行，就可以打人。印刷厂同县革委一个院，共一个食堂，一起活动。海自称自己有七大优势：一贫农、二工人、三党员、四复退军人、五孤儿、六在县城工作、七有二转一响（手表、单车、收音机）。于是他频频向女干部们发动爱情攻势，但结果可想而知。他的目标是追上一名女知青或者是刚毕业分配来的女性，然而竟没一个女的看得上他，这使我感到非常不解。后来有热心人给海介绍了几个保姆或者城镇非农业人口的姑娘，但他心气很高，均没看上，中年时才和一名农妇成婚。那时机关里有许多才貌双全的大中专毕业生，只身一人到这个山高地远的小县城工作，机关里的年轻女子都把目光投在了他们身上。只是谁也不会料到，小伙子们几乎都在老家农村或者外地订了终身，而且，那些女朋友、妻子们几乎个个长相不能和男朋友、丈夫们般配，真是不可思议。

我离开县革委时刚好 18 岁，事因是有一天晚上我正在收拾县革委常委会议室，炊事员小韦来约我去看电影，出于好奇，他随手翻了一张桌子上的东西，此时恰好桌子的主人进来了。那个领导看见小韦翻东西，不说什么就阴沉着脸走了。我当时意识到了一点什么，但没往复杂处去想。果然，不久我便被告知将被调离县革委，调去的地方是离县城 22 公里远的县水泥厂。巧合的是，当时小韦翻东西那张桌子的主人正好在水泥厂蹲点。

无论如何，我的少年时代在一个特定的环境中结束了。离开县革委，我如同鸟儿回到了大自然。至今，我仍然感谢一切让我离开那里的人们。

我并不喜欢怀旧，但到了世纪末，难免有点躁动，有点不安。缅想过去会使人镇定，也会让人多一点自信和从容。

1999 年 7 月于南宁

沈　叔

我离开平用的时候，村里好像只有三十多户人家，两百多口人。现在，人口肯定不止翻一番，而是翻四番五番了。

平用人的生命力是旺盛的。每次我回去，总会听说谁谁成家了，某某家又添丁了。当然，也总会听到某某或某某辞世的消息。生老病死，那是自然规律。但对于我来说，除了父母家人外，平用的某些人是不能忘记的。

我有个刘姓远房亲戚，因他的第一个孩子叫阿沈，我们便按照习俗把他称作沈叔。此人之所以被我列为头号对象，是因为他有相当复杂的经历，为人风趣幽默且狡猾诡谲，而他的机智和善变又是乡间所少见的。

其实，沈叔给我最初的印象，是一个不折不扣的大坏蛋。据说是因为他有过不光彩的历史，加上曾经偷窃过集体的玉米，所以到了二十世纪六七十年代，他就被戴上“四类”分子的帽子。照理说，像我这样的贫下中农家的小孩，对于坏分子是应该远离的。然而，沈叔却是个例外。

后来让我对沈叔转变印象的原因有两个：一个是他讲话的口音和我们家的大人一样。父母说，沈叔也是从我们老家岩怀搬过来的，只不过他来得比我们家还早。另一个是，沈叔非常喜欢和孩子们玩耍。每次碰见我，他总会变戏法似的从口袋里掏出一样好玩的东西，比如爆竹或者树虫之类的东西。因为我们家境贫穷且兄弟姐妹多，逢年过节，别家的孩子都有爆竹放，唯独我没有。所以，爆竹便成了我童年时代最为渴望得到的东西。不过，沈叔每次给我的爆竹并不多，都是两三只。有时也会有例外。他要燃放爆竹时，就派别的小孩来叫我去，让我帮他放炮。后来我才晓得，沈叔虽说当过兵扛过枪，却是个胆小鬼。他自己一个人上山打柴或走夜路什么的，总会时不时点一只爆竹来壮胆。还有，他平常在外笑声不断，回到家就像换了个人似的，沉默寡言，不苟言笑。沈叔这种性格反差，据说是他妻子造成的。

沈叔的妻子是个云南婆，染有一口酱紫色的漆牙，人不漂亮，说话时却爱搔首弄姿。不过她会唱很多山歌，据说曾经是个风流种，在当地名声不小。沈叔对她生怨的原因可能很多，但最主要的就是“她的命不待孩子”。女人曾经和沈叔生了包括阿沈在内的多个孩子，但都夭折了。他们最后的儿子比我大三岁。人们都以为这个孩子可以长大成人，能为他们养老送终，然而，这个儿子十四岁那年硬是先两老走了。

据大人们说，年轻时的沈叔长得很帅气，很讨女人喜欢。他妻子还有个姐姐，姐妹俩都喜欢他。当时，沈叔看上的是姐姐，说媒的是姐姐，娶的也是姐姐，但是，迎亲那天，骄横的妹妹却全然不顾后果，抢先跳上了去迎亲的独木舟。

妻子当然晓得，沈叔一辈子大部分的郁闷和痛苦都是她带来的。因此，她便成了沈叔的出气筒。每当沈叔拿她发气时，她就只好用杀猪般的哭号来承受。沈叔惩处女人的方法很简单，就是用鞭炮来吓唬她。女人唠叨时，开始他也懒得搭理，到十分恼火了就忽然从哪里扯出一串爆竹，点着了扔到女人脚下，令她一阵号叫。沈叔常用的最极端的手段，便是拖住女人的头发狠扯一下，这时，女人就会杀猪般地一阵尖叫，接着便是不堪入耳的哭天骂地声。

在外面，沈叔是个谨小慎微的人，极少得罪乡邻，也怕惹是生非。干集体活时，他很少跟男人们在一起，一个人混在女人堆里一言不发。有时候，女人们也逗他取乐，比如问他，娶不到妻子的姐姐后不后悔之类，他就表现出无所谓的神态，说没什么后悔的，女人的身体都一样，更何况妹妹比姐姐小两岁，赚的还是他呢。

沈叔虽然胆小，虽然郁闷，却天性幽默。那时候，出集体工，做集体活，偶尔也吃集体饭。比如搞“双抢”（抢收抢种）或收完稻谷之类，都要进行集体会餐，从集体猪场拿猪来杀。难得开一次荤，大家看见肉都一律狼吞虎咽，不讲体统。这种时候，沈叔便会使各种招数，争取能多吃些肉。

和做工时一样，沈叔照例是挤在妇女们中间，不过每次他都是选择和少妇、姑娘们同桌。说是桌未免夸张，其实是大家围着一盆肉菜，蹲在地上吃而已。肉菜端上来了，大家

感念黄哥

四月二十一日上午，西林老家的亲戚来电话说，黄哥走了。听到消息，我忽然觉得心里一阵难过。黄哥真的走了，享年八十七岁。

在我们老家，亲朋好友或德高望重的长者去世，都是说某某走了或者说某某过了。如果说某某死了，那么这个死者就是歹恶之徒。显然，黄哥不是后者。

黄哥是何许人？你切莫以一个“黄”字就认定黄哥和我有什么血缘关系。其实黄哥原本和我们家非亲非故，只是一件发生在很多年前的事情，让我们彼此有了一种特殊的缘分。

在我五六岁的时候，我们家久不时会有一位身材高大、仪表堂堂的外乡人到访。令我感到奇怪的是，这位操外地口音的人既不是工作队的，也不是公安，而且每次来都客客气气，拎着大包小包的礼品。他的行头和那些公家人大相径庭。他带来的礼品中有父亲和大哥喜好的烟酒，更有我喜欢吃的水果糖和一种纸包装的筒状饼干。那时候的干部勤下乡，来我们村的不计其数，我们家的两张客床平常也很少空闲。因此，此人头几次来我们家并没有引起我太多的注意，几乎每次都是父母亲提醒，让我敬重地向他打招呼，叫他一声黄哥。

黄哥每次来不仅给我们带来了好吃的食品，而且也让我有一种类似过年一般的感觉。家人根本不用谁来安排吆喝，大哥总会不声不响地提网下河打鱼；父亲不必下指令，母亲也能心领神会，把仅有的种鸡或者蛋鸭的脖子悄悄割了。待厨房里传出动静，黄哥欲前去阻止，但为时已晚。在那种半饥饿的年代，我们家家境不是很好，加上人来人往，有时候即便是来了大干部也未必杀生禽来招待。相比之下，黄哥的接待规格显然是最高的了。黄哥来了，家里就有了些酒菜，有了欢声笑语。有了好吃的自然不能独享，于是我便成了父亲和大哥的通信员，一会到村小学请老师，一会到某村干家去请人来陪黄哥吃饭。往来的次数多了，黄哥也渐渐被村里的一些人熟识。但是在我的眼里，黄哥的身份是不明确的，甚至是相当神秘的。

直到有一次我随父亲徒步去县城赶街，黄哥“神秘”的身份才被揭开。那次好像是要过年了，父亲要带我去理发，结果我就在街边的理发室里见到了黄哥。穿白大褂的黄哥像个医生一样，边摆弄剃刀边用半生不熟的西林壮话和我们搭讪。原来黄哥是个理发师啊，这个身材高大的很帅气的人顿时在我眼中变得复杂起来。

黄哥是个理发师，这个发现让我颇感意外。因为此前在我眼中，黄哥气质很儒雅，比村小学的老师还斯文。黄哥的相貌威武但是平和谦恭，他说话更是低声细语，不像村里人说话如放鞭炮一般张扬。然而，黄哥的的确确就是一个理发师，这是如山一样的事实。这个事实至少让我明白了一个事理，就是职位卑微的人未必长相不好。因为，我们这个年代的人深受电影脸谱化的毒害太深了。

在县城见黄哥的那天中午，我的肚子饿得直叫了，父亲才把我领到街道上一间茅寮的门前。我正犹豫要不要进去时，黄哥已满脸笑容地从屋里出来迎接我们父子俩。这间茅屋竟然是黄哥的家吗？当然是了。这间简陋的茅屋里，除了黄哥，还住着嫂子和他们的四个儿女。黄哥的两个小儿子稍大的一个叫汉波，另一个叫汉城，都还在咿呀学语。和我一样明显的营养不足，腿脚和脖子都长得细细的，眼睛又大又亮。然而，当汉波长到十七岁时，却在对越自卫反击战中牺牲了，长眠在那坡边境的山坡上。壮年失子，黄哥脸上的笑容比以前少了。

后来我还进一步晓得，黄哥的真实身份是西林县国营理发室的职工。这个理发室总共只有三个人——黄哥、覃师傅和另一个女理发师。黄哥和覃师傅都来自平果县，黄哥来自一个叫坡造的地方。

那时候的西林县刚从隆林分出来，还没有通公路。外地来西林工作的人，要么是打仗转业留下的，要么是剿匪队工作队队员，要么是组织分配来的，要么是从学校毕业分来的。他们绝大多数是来当干部的，到西林当工人的外地人很少。像黄哥这样举家从外地到我们这样一个边远小县工作，而且是专事理发的人简直是绝无仅有。我并不晓得，黄哥是如何离开家乡来到这个陌生之地的，但像黄哥这样从青壮年时代就来到西林生活、奉献一生的外乡人却并不多见。

我无法估算，从二十世纪六十年代初开始，黄哥在西林每天理发至他歇手差不多四十年间，有多少人的头发经过他的修剪，这真是个大数字。黄哥理过发的人上到书记、县长，下到平头百姓，有不同民族的，也有不同省份的。我和我的兄长们在县城读书时，几乎每个月都要去黄哥的理发店剪一次头发，他自然是分文不收。不仅是县城里的人，就连很多山里的苗族、瑶族同胞都晓得“黄哥、黄哥”地叫他。邻省邻县的广南、师宗、罗平和隆林、田林等地的青壮年汉子都晓得到西林找黄哥理发。在我们村，黄哥的名气更是和村小学的黎老师不相上下。每次他到我们家来，总有不少人来敬他两杯。过年过节，村里人都自愿给黄哥捎去点农家土货。听说黄哥要在县城盖楼房了，我父亲以及村里的老乡们都自发地去当帮手，有料出料，有力出力。一个老村长还经常炫耀说，我们黄哥是做头头的。

很多年以后我才知晓，为什么黄哥会成为我们家的常客，而我们家人更是始终把黄哥当成亲兄弟一样，原来是有因缘的。有一次，黄哥携家带口从离县城百里之遥的古障乡徒步往县城去。路过驮娘河对岸我们村对面田野的马道时，黄哥病得走不动了，恰巧被我父亲遇见。父亲看见黄哥是着了重痧需要及时救治，于是便毫不犹豫地背起黄哥过河回家。经过一番紧急治疗，黄哥痊愈了。黄哥是个感恩重情的人，从那以后，我们两户素昧平生的黄姓人家像一家人一样，来来往往了几十年。

我父亲仙逝之后，在黄哥的要求之下，我们在父亲的墓碑上庄重地刻上“黄应练”三个字。此后，黄哥，也就是黄应练，更是以儿子的身份，不时照顾我们的母亲，直至母亲老去。

2011年5月于南宁西乡塘

这条回家的路

小时候，我随大人们到县城八达赶街，走的是一条羊肠古道。小路贴着驮娘河弯弯曲曲地延伸，把一个小山村和县城连在一起。这条通往上游邻省的古道经过千百年的踩踏，有的已经多次改道，有的被马帮踩得坑坑洼洼，十分难走。父亲告诉我，我们家距离县城足有十五公里，每次来往需要行走近三个小时。

二十世纪六十年代中期，人们开始修筑从县城经我们村对岸到更远的两个乡镇和邻省的公路，尽量截曲取直，但从村里到县城也还有近九公里。虽说是公路，路面比原来宽了，但这依然是一条乡村公路，宽三四米，因缺少养护，每到雨季便成了一条泥泞的泥水路。那时候并不是每个人都有一双好鞋，多数人都是赤脚走路的。在这种公路上行走，不是碎石硌脚，就是双脚泥水。从到县城读初中，到在县城工作，每次往返老家，我都是这条公路上的常客。只不过往返的方式，由徒步转为骑自行车，后来又由骑摩托车变成搭乘汽车。

七十年代末，我在县水泥厂工作。从工厂到我在农村的老家，要经过县城。得先走二十二公里的公路到县城，然后再走九公里的公路。当然，这条连接工厂与家乡的道路，其实也还只是一条乡村公路，只不过与原来相比，多铺上了一层沙石而已。那时候，县里运输能力十分缺乏，县城到各乡镇的班车很少。我们水泥厂开始并不能配置汽车，厂里到县城办事采购拉货，靠的只有一辆两匹马拉的胶轮大马车。

有一次，我奉命到南宁、梧州出一趟差。由于事比较急，领导便截住了县物资局一辆拉木头走近路往百色的货车，让我一个人坐在木头上。那时候，西林县城往百色有两条路：一条是经隆林过田林的老路，这条路路面保养较好，但坡陡路远；另一条是新修的直接经那劳、定安通田林往百色的田西公路。虽说走田西公路比走隆林近了几十公里，但因是新路还没有道班，所以还不是一条适于通行的路。时值初冬，天气已经有些寒冷了，我坐在没有篷布的车顶上，烟尘滚滚不说，车上的木头摇摆不定，真是险象环生。半夜里，原先坐在驾驶室里的两个女孩下车了，司机才把冻得抖抖索索的我叫下来，坐到温暖的驾驶室里。

那次出差回到县城，已近元旦，我来不及回家探望，便回厂汇报工作。由于连日下雨，往工厂方向的公路被泡烂了，班车也停开了。一时借不到自行车，我只好一个人步行回厂。一般情况下，从县城到水泥厂要走四个小时左右。犹记电影《刘三姐》刚解禁那会儿，我们一帮“二杆子”在县城看完夜场电影后连夜赶回工厂，边走边聊刘三姐，回到厂里天也差不多亮了。那天早上，我买了一包白糖饼，穿上雨衣，用一截棍子挑起旅行包往肩上一挎，就冒着蒙蒙细雨上了路。行至一个坳口，我被眼前突然出现的情景吓懵了。

那是一个原始森林遮盖的坳口，公路在此爬上一个小坡，然后转弯连续下坡。当我走出坳口十多米时，前面的公路上密密麻麻地行走着几十只灰褐色的动物。狭路相逢，我只听到“嗷”一声低吼，几十只大大小小的野猪抬头瞪眼与我面对面发愣，离我最近的野猪不过十来米，那些白晃晃的獠牙清晰可见。我意识到自己遇上野猪帮了。就在我不知所措时，只听到头猪又一声低唤，众野猪来了个“L”形拐弯，像风一样往路下跑去，把树枝落叶踩得哗哗地响。我与野猪帮对峙的时间只有几秒钟，它们可能是被我奇怪的装扮吓跑了。此后十几公里的路，我的两条腿都是软绵绵的。

那次单人徒步走在公路上的遭遇，成了我这一生与众多野猪的一次惊魂而难以忘却的邂逅。此后不久，我便调离了工厂，重新回到县城工作。八十年代末，我离开家乡县城，去到首府南宁工作和生活。

在驮娘河下游的邕江畔回望家乡西林县，那里是云贵高原南麓的一隅，与南宁相距五百余公里。二十世纪六十年代以前，那里没有一条公路。七十年代以前，县里的干部去百色出差，也要在路上耗两天。到南宁则要花三天时间，第一天歇隆林，第二天住百色，第三天下午才到南宁。进入八十年代，由于田西公路通车，人们不用绕道隆林，也就节省了一天路程。然而，田西公路依然是低等级路，而从田林到百色再到南宁的道路仍旧是普通的三级柏油路，弯多路窄。我每次回家，一般都要在路上歇一两个晚上。

九十年代初期，我这条回家的路出现了生机，人们开始在右江河谷的南宁至百色路段动工修筑二级公路。由于多数路段是在原来的路上扩展，因此大约有几年时间，堵车便成了这条路的常态，有时候一堵就是几天几夜。

我虽然已经离开家乡，但是老家还有年迈的母亲和众多的亲戚朋友，因此每年回去两三次也是经常的事。尤其是母亲到了晚年，病痛的频率越来越高，我回家的次数也随之增长。为此，我特意买了一辆小排量的私家车，方便回家看望老人。不过每次回去，都是累得浑身快散架了似的。

南百二级公路修通后，不仅路变宽了，减少了数十公里路程，更重要的是，二级路不经过武鸣至平果了，右江河谷全段路面平坦了许多。不过灵马街上的鲶鱼饭店也为此散了，迁往各地路边去了。灵马鲶鱼也就成了广西公路文化和饮食文化的一道风景。南百二级公路修通后不久，盘（县）百（色）二级公路也跟着修通。路面改善后，我一天便可以从南宁回到老家，不过路上依然要行车十个小时左右。

交通不便严重影响经济的发展，这是显而易见的。进入新世纪，西林人最为急迫的事情便是要修通一条田西二级公路。他们想到做到，克服重重困难，仅用两年时间，便修通了西林通向田林定安镇近百公里的二级公路。与此同时，由县城通往我老家方向的二级公路也修通了。遗憾的是，由于种种原因，田林境内驮娘河沿岸的路段一直没有动工，已经动工的路段也是三天打鱼两天晒网，进程缓慢。

尽管如此，随着南北高速公路的通车，百（色）隆（林）高速公路已经动工修建，我的这条回家的路将变得越来越宽广，路程也将越来越短。总而言之，路是越来越好了。

2008年7月于南宁凤岭

第二辑

行踪履痕

从那里来到这里

一个多月前的3月5日，我刚到桂西北右江上游南岸一个叫平圩的地方住下，准备好好写点东西，不料第三天便接到了单位的电话，说我的调令到了。

我生怕误会，不得不把消息告知百色的朋友们。有人就调侃说:“你看吧，那地方就是福地。某人初二才来的地方呢，能不把好消息带给你嘛。”

想想也是。我想去一个地方，左等右等不见消息，想不到刚到平圩睡了两个晚上，好事就来了。嘿嘿!

虽说调令要求我于当月15日前报到，但是我很不舍得刚刚适应的一个写作环境，于是便决定继续住上几天，边工作边顺便梳理一下情绪。

就像当年不曾想过会离开县里一样，我也不曾想过自己会离开《三月三》。虽然之前曾经有一些别的单位想把我调动过去的尝试，但是我似乎都没有主动要调动的意愿。

自己产生要离开的念头始于去年的这个时节。那时候的桂北春寒料峭，东西先生的电视剧《没有语言的生活》举行隆重的开机仪式之后，他就留在了外景地阳朔兴坪，边拍摄边修改剧本。可是住了一段时间之后，东西便感到很孤寂，于是向几个好友发出了邀请，希望我们当中的某个人能去那里小住写作，顺便陪伴他一些时日。

恰好我的新长篇刚刚开了个头，需要有完整的时间开个好头，于是应和了东西的召唤，请了假就往兴坪赶。兴坪坐落在风景秀美的漓江畔，原本已是游人如织，又因为剧组的到来而更显热闹。剧组依东西的要求特别安排我住在兴坪客栈，这样我们一般可以在吃饭的时候聊聊天，饭后可以散散步。在兴坪，不仅空气纯净、山水灵秀，而且饮食方面也颇合胃口，我的创作也进入了境界。好时光总是过得很快，转眼间半个月就要到了。知道我单位的事还有一堆，不能长时间离职，东西也不便留我，于是他又叫来了东北的述平。述平是著名的编剧，除了陪伴东西还可以帮一些忙。

离开兴坪前的闲谈中，我首次向东西流露了想换个闲职的念头。我说，要是我比较闲的话就可以不用赶回去上班，可以继续住在兴坪写作，顺便继续陪伴他们一些时日了。述平听了开玩笑说：“那你也找个像东西他们一样的地方不就好了。”我当时听了只是笑笑，不想玩笑竟成真的了。半年后，在朋友、师长们的引荐下，我终于鼓起勇气向相关大学的领导打了报告。更让我想不到的是，再过半年，我真的就实现了上一年的愿望。

我要调动的地方叫广西民族大学。那是我20多年前就读的母校。那时候的母校叫广西民族学院。

从母校出来20余年之后又回到母校，能算是一个轮回吗？我不知道。但是我毕竟又回到了相思湖畔，只不过这次回来我已经是个中年人，是一名教工，不再是风华正茂的学生哥了。

走在校园里，似乎有一种往事如烟、物是人非的感觉。除报到时偶尔遇上一两个熟人以外，校园里几乎都是陌生的面孔。有时候，我会站在曾经熟悉的某条小径、某棵树前发愣，我为什么会到这里来呢！

为什么会去广西民族大学？这个问题其实也是我最难以回答的。朋友们知道消息后，各种反应都有。有说祝贺的，我反问为什么要祝贺。那些人就狡黠地笑说：“既然是你要求去的地方，肯定就是好地方了。”我想这种人真是成熟，真是老猫。也有的朋友认为，我去大学是为了提高待遇。这个说法，多少还是有点对的，至于为什么对，我就不想多说了。还有些官场上的朋友，对我不当法人代表，硬要去一个“自己说话不算数”的地方表示相当不理解。于是我就不得不耐心地解释一番。总而言之，一个人去一个单位，就如同一个人选择另一个人一样，有时候是没有具体理由的。对于我和已经离开的《三月三》之间的关系，我感觉就像是一次感情不错的婚姻，没有理由，也没有先兆，就在短期中迅速结束了。诚然，这种离开也不是令人愉悦的。

从今以后，我就是广西民族大学的一员了。从今以后，我的工作，我的写作，以至我的生活，都将与广西民族大学息息相关了。

2008年4月于南宁凤岭

民大是一棵树

——写在校庆60周年之际

30年前，我第一次踏进广西民族学院的校门，成为干训部政治班的一名学员。在这之前，我在老、少、边、山、穷的西林县工作，担任县革委办公室秘书。进校不久，《广西民族学院》校刊就约我写一篇小散文，且很快发表了，当时的编辑是陆宝璋老师。多年以后，在校庆60周年到来之际，我的文字又将在校刊发表，内心还是有一种说不出的激动。

也许是血脉中流淌着少数民族血液的关系，从小时候开始，我就对广西民族学院有一种莫名的崇拜。到了可以读大学的年龄，我就梦想有一天能够进入广西民族学院学习，成为民院的一名学子。然而，由于已知的原因，那时候的大学门槛无形中被人为地降低了，进入大学被涂抹上了浓重的政治色彩。尽管如此，我依然痴心妄想老天能够开眼，让我实现心中的夙愿。于是我挺着稚嫩而单薄的身板，在工作条件极其恶劣的县水泥厂拼命苦干，试图获得老天的认可。尽管我为此付出了几乎是生命的代价，连年被评为先进生产者，但是老天爷仍然对我的努力和拼搏视而不见。

恢复高考第一年，由于消息传到山里头太晚，我来不及准备，只得弃考。眼看在工厂附近村子插队的南宁知青一个个考进了各类学校，我心里真不是滋味。第二年，在广西大学读化工机械专业的兄长给我寄了一本薄薄的复习资料，我开始边上班边复习。由于之前我只念过初中，而且对数理化和英语天生排斥，加之没人辅导，复习的效果可想而知。更令我无语的是，眼看只有半个月就要高考了，厂领导还安排我出了一趟差，到南宁采购急需的机械设备。一个来回六七天，复习时间所剩无几了。当我怀着希望走进庄严的考场时，我就进入了漫长的等待。然而，现实总是残酷的，我第一次高考只考了 205 分，几乎是名落孙山了。有人告诉我，这个分数可以报大专类的院校，而我却固执地填报广西民族学院的中文系和政治系。回想当年的情景似乎有些可笑，但显然那是我对广西民族学院的一种挚诚之爱。

有人说，机会一定会眷顾那些执着的人，而我肯定也在那些幸运的人之中。1983 年，国家恢复成人高考，广西民族学院也将创办党政干部大学专科班，以培养急需的干部人才。

得到消息时，我正在干训部政治班学习，那从未泯灭的梦想又在心中发酵了。那一年，我们那个山区小县只分配到了两个可怜的成人大学名额，一个名额是自治区党校，另一个名额便是民院，我毫不犹豫地报考了民院。只是，民院的那个名额也不是只有我一个考生，学校给的考试名额是四个人，我只是其中之一。而令我无法松懈的是，其他另外三个竞争对手实力都不弱，都是高中毕业，也是县直单位的科局级干部。也许是我的准备较为充分，也许是我对民院的热爱感动了上天，这一次我没有让机会旁落。这一年9月，我终于成为广西民族学院一名全日制学生，实现了多年的梦想。

在这个花香四溢、树木葱茏的校园里，我放松心情放开姿态，贪婪地呼吸着自由而清新的空气。这时候在我的眼中，民院不仅是一片茂密的森林，更是一棵参天大树，让我这只渴望得到哺育和呵护的鸟儿在此修学养息。然而，和其他成人大学生相比，我不只是一只饥饿的鸟，同时也是一只不安分的鸟。由于一直偏爱文学，我进入民院后就和一些热爱文学的师生交上了朋友，加入了当时以中文系81级同学为核心的朝花文学社。之后，又和杨长勋、黄神彪等同学成立了民院文学协会（相思湖文学社前身），并担任副主席。那时候，民院简直就是文学爱好者的天堂，这里不仅有一批热爱文学创作的师生，更有一个偌大的图书馆，藏书达六七十万册。算上读政治班的第一年，我在民院的三年时间里，得以比较系统地阅读了欧美、亚洲，尤其是中国的大量文学作品。可以说，我的文学储备正是在这个时段完成的。在此期间，我开始在地区和省级报刊发表小说和散文作品，并在一次全校性征文大赛中拿了一等奖。当然，除了文学，那时候民院的一些专业的师资力量也是非常强的。比如给我们授课的老师有写作的何以刚、梁锴麒、覃盛发教授，政治的徐方治、冯森教授，历史的朱哲方教授，哲学的黄鸣教授，党史的陆炬烈、覃作宁教授，民族学的陈裔、顾有识教授，自然科学的万辅彬教授等，年代久远恕不能一一列举。这些学识渊博的老师，同样给了我成长中不可或缺的营养。

这些年来，当我头戴一顶文学创作者的帽子游走在文坛时，我总以自己是一名来自相思湖的学子为荣，总以自己是相思湖作家群的一员而自豪。文学不仅滋养了我的人生，也改变了我的人生，一个学政治专业的人始终和文学不离不舍。由于有了在民院学习深造几年的积累，我的 30 年业余文学创作之路一直走得比较顺利。至今已创作文学作品约 250 万字，出版文学著作 8 部，曾获广西独秀文学奖，第二届、第四届、第五届壮族文学奖，第三届、第四届广西少数民族文学创作“花山奖”，第四届、第五届广西文艺创作“铜鼓奖”，第四届、第七届全国少数民族文学创作“骏马奖”；参加中国作家代表团出访美国，长篇小说《生生长流》被美国国会图书馆收藏。

更让我感激的是，2008 年春天，当我向母校领导提出想回到母校工作的意愿，好好报答当年母校的养育之恩时，母校并不嫌弃我才疏学浅，再一次向我张开了双臂。这样，我这只倦鸟又飞回到母校这棵大树之上。良禽择木而栖，我又回来了。经过几十年的洗礼，民大这棵大树愈加枝繁叶茂，愈加生机勃发。

祝愿我们的母校蒸蒸日上。

2008 年秋于相思湖畔

铜铸之河

青铜时代

在广西最西端，有一条细柔而绵长的清流，蜿蜒在滇、桂两省区的边缘，这就是神秘而古老的驮娘江。这条穿行于桂西北高地数百里的驮娘江，当地人还亲切地称她为“驮娘河”。

相对于许多大江大河而言，驮娘江算不上什么大江河，然而，她却与许多大江大河一样，极有可能是孕育了滇东南和桂西北高地文明的发祥地。20 世纪中叶，在驮娘江畔接二连三出土的青铜器，便是驮娘江文明最有力的见证。

驮娘江古称“文象水”，史上又称“渌驮河”“同舍江”“剥隘河”。她发源于云南省广南县底圩乡大冲脑包山，一路与那劳河、介廷河、西洋江、乐里河、那马河、澄碧河汇聚，止于桂西重镇百色，始称“右江”。与雄浑的南盘江不同，驮娘江像是一个温柔秀美的少女，游弋于云贵高原的南缘，穿过被称为“世外桃源”的坝美村，从西林县土黄村进入广西后，便一路清澈无染，羞羞答答，到了普驮这个地方，突然拐头东去。

普驮，是驮娘江边上的一个普通的壮族村落。青砖灰瓦，古榕绿竹，田畴古道，共同构成了这个壮族村寨的独特景致。自古以来，两条东西、南北走马驿道在这里交会，北上贵州，西去八达、古障、马蚌，南下云南并通往越南，东往田林和百色。不通车的年代，每天经过这里的马帮有三五百匹马。

山道上响了千百年的马蹄声，终于在一个特殊的年代里戛然而止，那时候正是20世纪60年代末70年代初。当时西林县的开荒者们，凭着满腔热血和满怀豪情，靠着一双双手，开始了气壮山河的田西公路大会战。

西林县土黄村的民工是幸运的，是他们用双手开启了一道神秘之门。正当他们在普驮村与普驮粮站之间的一块菜地上修建公路时，一名民工手举镐落，只听见咣当一声，他手上的十字镐被狠狠地弹了起来，他的虎口也被震得一阵麻痛。正是他这一镐，不仅把一个沉睡了2100多年的灵魂给敲醒了，而且也给了西林一个不小的难堪。

铜棺材！这是一具与现代木棺一样大小的铜棺材。目瞪口呆的民工还没缓过神来，铜棺材里边的金银玉器已经被闻讯蜂拥而来的民工一抢而光。那些拿不到细软的民工心有不甘，干脆用铁锤来个大肢解，只一会儿工夫，几百公斤重的铜棺就这样消失了。后来，县里费了九牛二虎之力，才追回了被抢的大部分铜棺碎片，但大部分金银玉器依然无法追回。

然而，事情并没有到此为止。那些铜棺碎片如果及时交到稍懂文化的人手里，或许这还是一个亡羊补牢的举措，但后来事情不是这样。由于当时一些人的保护意识淡薄，那些青铜碎片又被转手，最终被熔铸成了县水泥厂球磨机的轴瓦。

尽管当地人失去了一次与历史对话的机会，但驮娘江依旧长流不息。有了第一次失误，人们似乎更期待还有下一次或者更多次，这样，人们才有机会弥补自己的过失。老天有眼，机会终于又一次眷顾了这个地方。

1972 年 7 月，普驮粮站在开辟晒谷场时，人们在当年挖出铜棺以北二三十米距离的地方，意外地挖掘出了一座铜鼓墓葬。这次发现由于得到了较好的保护和有序的发掘，400 余件文物全部得到了应有的善待。

这座桂西北地区罕有的西汉早期铜鼓墓葬，其实是一个二次墓葬，当地壮族称拣骨葬。据测定，这是一名年约 25 岁的青年男子的骨骸。

这个奇特的墓葬由四面铜鼓套叠组成，骨骸装在铜鼓的里面，上面覆盖细如粟米的玉珠编织的珠襦，陪葬品有大量的铜器和玉石器，葬具豪华而精美。在众多的铜器中，尤以一尊铜马和铜骑士俑最为传神。这是一件铜制模型明器，由铜马、铜马鞍和铜骑士俑三个部分组成，器表全部鎏金。那匹雄性战马膘肥体壮，昂首挺胸，两耳直立，大嘴张开，目光炯炯，似是迎风嘶鸣。那个骑士俑头戴武冠，身着褥褶，脚蹬马靴，双手置于胸前做勒缰状，威风凛凛。这匹马除了马尾巴单独铸造外，其余整匹马和马鞍、骑士俑均为一次铸成，可见当时的铸造水平已经很高了。

考古学家们对铜鼓墓葬的年代几乎都没什么异议，也对这个地域属于古句町国的中心地带表示了认同。然而，在普驮这样一个交通闭塞、山高水远的壮族山寨，竟有如此规模的铜棺和铜鼓墓葬出土，这是难以想象的。在2100多年前，又是什么人拥有如此奢华的待遇呢！

古国句町

大约公元前100年，在现今桂西北和滇东南的一片广阔地域，有一个与当时滇国和夜郎国齐名的国家——句町国。

“句町”这个名词始见于《汉书》。“句”，壮语直译为“九”。“町”，也是壮语，直译为“亲，盟，红”。“句町”意为九部联盟。据《汉书·西南夷两粤朝鲜传》记载，汉昭帝始元五年（公元前82年）诏封句町王，句町国故而得名。

句町建国以前，当时句町地区有一个骁勇善战的大元帅，名叫亡波。此人既是九部联盟首领，又是握有兵权的统帅。当时，汉昭帝为了征服西南另两个少数民族部落姑缯和叶榆，派一支汉兵南下征剿，结果被姑缯和叶榆打败。不甘心失败的汉昭帝听从手下的计策，决定“以夷制夷”，于是派密使带着重礼找到了亡波，希望他带兵协助攻打姑缯和叶榆。面对来自遥远的汉王朝的器重，亡波欣然应允。结果“斩首捕虏五万余级，获畜产十余万”，战果辉煌。因亡波“率其邑君长人民击反者，斩首捕虏有功”，汉王看到了他的忠心和实力，便乐意成人之美，把句町联盟升格为方国，亡波也因此为王。

亡波，也得名于壮语。“亡”，直译为“王”；“波”，即是“卜”或“父”。这个称呼，表明子民对国王的尊敬。亡波不仅从一方诸侯变成一国之君，深得汉王恩宠，而且这个与汉都远隔千山万水的弹丸之国，居然还得到了比原来更多的地盘。

《汉书》记载，封国之后的句町辖地，包含了现在广西的德保、靖西、那坡、百色、凌云、田林、隆林，云南的文山、富宁、砚山、丘北、开远等地，其中心区位于现广西西林和云南广南两县境内。当时句町国的势力东北至贵州兴义，西至云南玉溪、通海、建水等地，实力与夜郎、滇两国相当。

和许多王朝一样，句町也曾有自己的强盛与辉煌。在夜郎国和滇国势力衰落后的很长一段时间里，句町不仅从侯国升格为方国，还雄踞了西南大片疆土。大树底下好乘凉，当句町渐渐成长为一棵大树以后，一些相邻的小诸侯也纷纷投靠句町。比如当时的另一个小方国漏卧（今云南罗平、师宗、富源一带），就曾经多次与句町联手，攻打夜郎国。更有趣的是，由于当时句町的声望，后来许多地方在编撰历史的时候，往往把自己称为古句町国的辖地。

古句町国的兴衰多少与一个人有关，这人就是掐断汉代18年历史的王莽。

公元5年，年仅14岁的少年汉平帝驾崩，王莽篡位成功。野心勃勃的王莽开始四处为敌，挑起纷争，与西域诸国和包括句町国在内的各方国关系日趋紧张。王莽称王建立新朝的第四年（公元12年），他在举行封建诸侯典礼的同时，也开始对和汉王朝关系友好的高句丽、句町等国挥舞了大棒。

王莽虽说是一朝皇帝，出身书香门第，却心狠手辣且极善于改弦易辙。他大力推行其新政，以加强统治。他一手硬施其所谓的改革，另一手则着手硬对边疆各少数民族诸侯国。王莽当上皇帝后，觉得少数民族首领也称王，不符合其大一统的治国理念。于是，便将东边的高句丽和西域诸国一夜之间贬王为侯。远在西南边陲的句町国王是当年汉昭帝所封，更是被王莽当作眼中钉。

从公元12年到16年，王莽先是借别人之刀诱杀了句町王，而后又想斩草除根。他从各地抽调了20万大军再次重兵压境，三面夹击攻打句町。只是，经过多年的养精蓄锐和战争的锤炼，句町国国力更强，士兵已非昔日可比。一仗下来，王莽的“兵士死亡约十分之六七”。看到句町无故挨打，周围部族也纷纷起兵支援。

历经几次战争，经过几次风吹雨打，句町国这颗王莽的眼中钉没有拔掉，而王莽却先呜呼哀哉了。

一本有关东晋穆帝时期的史书《华阳国志 · 南中志》记载“句町县……其置自濮王……受封至今”，当时是公元 350 年前后。由此可以看出，句町国在历史上存在了大约 400 年。毫无疑问，古句町国是有史以来产生于滇桂高地驮娘江畔的第一个古代王朝。

那么，在西林普驮村出土的铜鼓、铜棺墓葬是不是当年句町王族的墓葬呢？这一切，恐怕只有驮娘江知晓了。

遍地枭雄

在驮娘江和西平河的汇流处，有一个依山傍水的那劳村。这个只有百来户壮族人家的小山村，如果不是因为清朝末年出现了云贵总督岑毓英、云贵代理总督岑毓宝、两广总督岑春煊、湖南巡抚岑春蓂等一门三总督一巡抚，那么，这里即使稻田肥得流油，充其量也还是个默默无闻的山寨。由于岑氏父子在清朝末年和民国初期的显赫地位，因此那劳也成了一个不同凡响的山寨。如今仍然屹立在寨子一隅的岑氏建筑群，依然能让人们感受到当年的那种鹤立鸡群般的堂皇。

那劳岑氏建筑群始建于清光绪年间，由宫保府、南阳书院、荣禄第、岑氏宗祠、增寿亭、思子楼、孝子孝女牌坊组成。这些建筑尤以宫保府最为气派。宫保府建于清光绪五年（公元 1879 年），得名于云贵总督岑毓英受封为太子太保，受旨赐建。建筑物为三进式院落，砖木结构，前进面为阔三间，后进为五间。建筑物上的柱、梁、檐均有栩栩如生的水彩画，门额上方悬挂雕有九龙环绕的“宫保府”立式牌匾。宫保府坐西朝东，依山而建，总占地面积约 1350 平方米。

凡是到过那劳村看过宫保府的人或许会纳闷，为什么在这样一个山高皇帝远的山村小寨，会走出这么一个显赫一时的岑氏家族呢？唯一可以解释的是，因为寨前有一条驮娘江。没有驮娘江，岑毓英就不可能到更远的地方去学习知识，去见世面，去练就一身报国的本领。

那劳村前的驮娘江边有一条依江而行的古道，往河而下可达定安、剥隘、百色、南宁，往西沿西平河可通云南广南、文山、昆明，往河而上可达西林、隆林和贵州。没有这些古道，当年的岑毓英也不可能走出如此封闭的高山河谷。

驮娘江自古以来不仅是兵家必争之地，还是各种宗教势力的必争之地。1853 年 3 月，一个不速之客不远万里，从遥远的法兰西帝国风尘仆仆来到东方，他来不及在纸醉金迷的香港稍作停留，便马不停蹄地赶往一个他从来没有去过的地方——西林县。从香港去西林，理应走西江水道，再进入右江水道，再沿着驮娘江而上，就能很便捷地到达当时的西林城定安镇。然而，这名客人似乎怀有不可告人的目的，他先是绕道到了贵阳，然后到贵州的安龙稍作停顿后，便急迫地带着几个贴身随从，骑马进入广西，进入西林。

此人叫作马赖，也就是影响了中国近代史的那个来自法国的马神父。

马赖为什么要选择被誉为广西“省尾”的西林落脚传教？又为什么要到一个壮族人聚居的偏僻山区传教？这其中的原因，恐怕只有他肚子里的蛔虫知道了。谁都知道，壮族自古以来信奉的是自己的原始宗教，并不晓得耶稣基督是谁，也不晓得亚当夏娃为何物。马赖及其随从的到来，无疑扰乱了这个桂西北小镇人们的生活，镇上的人们绝大多数都敬而远之。

人们的冷漠并未让马神父退却，他仗着口袋里有银子，很快就动手建好了福音堂，接着又四处招兵买马，结果把镇上一些游手好闲之徒全数招进了教堂。这些新招收的教徒平时都不是什么好角色，进了教会后更是有恃无恐、无恶不作。而身为神父的马赖自己也不厚道，纵容手下偷鸡摸狗、巧取豪夺、杀人越货不说，自己还鬼鬼祟祟到处勘察地形，绘制地图，更把一个待嫁少女逼得跳河自尽。

皆因马赖时运不济，他遇到了一个天敌，此人就是新上任的西林知县张鸣凤。张知县是改土归流后被派到这个偏僻小县担任知县的，他本来就怀有满肚子的怨气，加上一上任就接二连三地接到民众的诉状，都是控告马赖及其教徒的各种罪行。张知县看后便怒火中烧，传唤了马赖。不料马赖根本就不把张鸣凤这个小知县放在眼里，不仅百般狡辩抵赖，还出言不逊。

接下来事情的发展可想而知。当马赖再次指使凶徒犯下命案时，张鸣凤证据在握之后，于1856年2月29日，将无法无天、罪恶不赦的马赖判处死刑，并于当日在定安镇处斩。

张鸣凤这一砍，虽然让西林的民众痛快一时，却惹下了大祸。1856年，英国借“亚罗号事件”发动了第二次鸦片战争，法国也借“马神父事件”派出远征军与英国组成联军，开始对中国进行武装侵略。1858年5月，英法联军攻占了大沽口，逼近天津，并扬言进攻北京，清政府慌忙派代表赴天津谈判。

1858年6月27日，清政府在法国的威逼下，被迫签订了《中法天津条约》。这个共42款另加6条附款的不平等条约，不仅使法国如愿打开了中国之门，还使法国得到了200万两银子的赔款。而“闯祸”的张鸣凤受到了“革职并永不叙用”的惩罚。

一条不大的河流，由于负重太多，使它超越了一些大河的承载和知名度，驮娘江可能是唯一的例子。

高峡平湖

驮娘江在云南广南县发源，流过底圩、坝美等小镇进入广西境内，流经八达、那劳、定安、八渡之后，便又进入云南富宁，流入达板、剥隘等地再度进入广西。当年，沿江圩镇均有货船通航，几十吨的船能溯江而上，直抵剥隘、八渡，即使江面逐渐窄小，仍可通航小型船只和独木舟。沿江圩镇成了各种货物商品的集散地，码头船只如梭，岸上商贾云集，路上马帮铃响。千百年来，驮娘江畔的古圩镇就是这样日复一日，年复一年地演绎着兴旺与衰落。古镇的青砖碧瓦不朽，记录了古镇历史的沧桑斑驳；古镇甬巷古道的青石不朽，承载了古镇历史的厚重。

数百里的驮娘江上有众多的峡谷，其中最凶险壮观也最负盛名的就是驮娘峡了。驮娘峡位于云南富宁剥隘镇境内。左岸是高大的原始岩林山，岩壁从江底直立千尺，岩石千奇百怪，恰似一幅千年古壁画；右岸是一座高耸入云的岩石山，危岩层叠，直指苍穹。船驶进峡口后，江水缓无声息。远远望去，两块巨石形同双狮横卧江中，高 10 余米，宽约 6 米，把江水一分为二，故名“双狮石”。据民间传说，靠云南（左侧）的水路叫“娘峡”，靠广西（右侧）的水路叫“公峡”。因江面狭窄水急，暗礁多，昔日翻船的不计其数。故民间相传，舟行至此，生死攸关时须有人发问“船过哪峡？”，答“过公峡”，船就能偷偷渡过娘峡。答者喊“过娘峡”，船就能偷偷过公峡。这样才不致于翻船。

清康熙五年（公元 1666 年），广西西林县知事王维淮乘船溯江而上到西林上任，路经此峡时震撼于驮娘峡的气势，随即题诗《舟过钳牙》。诗曰：

驮娘江势疑游龙，两石屹立江心中。
如牙在口肆吞啮，一丝不合奔流通。
天数蛮荒作险阻，奇绝鬼斧兼神工。
洪涛百折急难遇，奋怒激溢排高空。
轰雷振喊响不歇，欲倒地轴摇苍穹。
轻舟独木倏来过，气慑魄动忧心忡。
争关奇隘在呼吸，一失便落冯夷宫。
人生拼命只如此，临深有诫悲微躬。
推蓬侧望幸脱险，独若瘴雨飘回风。

驮娘峡双狮石上游也是风景迭出，两岸有星星岩、狮子岩、双龟石等奇景。整段驮娘峡长约 3 公里，游玩峡谷风光后可乘艇筏进行漂流。

世纪之交，人们在位于百色城上游的阳圩河段修建了一道130米高的大坝，古老的驮娘江出现了高峡出平湖的奇观，当年繁盛的阳圩、剥隘等圩镇连同驮娘峡一起被永远地藏身于水底。如今，由于水电开发的需要，数百里的驮娘江上已筑有数座水泥大坝，江水被切割成10余个库区，当年那种江水滔滔一泻千里的景象已不复存在。

人类历史上许多文明都与大河有关，比如中东两河（幼发拉底河、底格里斯河），印度恒河，中国黄河、长江，但小河驮娘江是个例外。

2009年4月于南宁凤岭

西行五百里

我有个癖好，闲着没事时喜欢把一幅三十万分之一的广西地图铺展在面前，仔细地琢磨一番。地图颜色的丰富是许多读物所不及的，除了一片片奇形怪状的地域色块外，那弯弯曲曲的蓝线是河流，黑白相间的线条是铁路，红褐色的线条是公路。而公路的颜色也不是一律的，黄红相间的代表高速公路，红绿相间的代表国道，正红色的代表二级公路，粉红色的则代表省道，而带点泥土色的则是一般等级的公路。地图是在测绘局工作的堂兄送的，他晓得我时常旅行，每次再版，便以地图当作礼品送我，且乐此不疲。

看广西地图，我常常自觉或不自觉地把首府南宁当成坐标，然后顺着一条条不同颜色的线，朝四面八方逐一读去。于是，就知道了这些路所到达的那个方向和地区。比如从南宁往东，能通贵港、玉林、梧州，五百里外便到达广东省。从南宁北去，右边一条通柳州、桂林，五百里外就是湘境；左边一条直上河池南丹，不远即是贵州。从南宁往南也有两条干线：一条往钦州、北海，五百里外就是湛江或海口；另一条直抵友谊关，五百里外便是友邻越南。自南宁往西也是两条路：正西通大新、靖西、那坡，五百里外是云南文山；往西偏北方向走，324 国道沿右江河谷而行，到达百色后又继续指向西北，五百里之外是贵州兴义属地。需要赘言的是，在此我用的五百里概念，没有公里华里之分，仅是文字上的意义而已。

从南宁出发西行百色的线路，也是经过几次变更的。最早的线路是先向北走高峰坳，过武鸣折往西北走锣圩、灵马达平果。后来南武二级公路通了，又走安吉、伊岭岩达武鸣。再后来，南宁经隆安达平果的二级公路通了，过往车辆才渐渐遗忘了高峰坳和锣圩坡。当年，车辆走武鸣这条老路，到达灵马恰好是吃午饭的时间，吃来吃去，于是就吃出了一种名菜——灵马鲶鱼。这是一种用当地产的鲶鱼和水豆腐烹调出来的大众菜，味道鲜美可口。尽管今天因为车流剧减而吃客寥寥，灵马的繁华已是明日黄花，但是，灵马鲶鱼这个菜已经成了一个品牌，各种经营饭店遍及广西境内的许多道路两旁。

自南宁市往西偏北行五百里，广西地图上一处类似锅柄或者羊尾巴的一角，就是我的老家西林县，这里是名副其实的广西“省尾”。

从南宁到西林，距离足有五百余公里。就是这点路程，在三十年前坐班车是要三天才能到达的，第一天从南宁到百色，第二天从百色到隆林，第三天才从隆林到西林。而令人哭笑不得的是，隆林到西林只有区区八十公里，却要行车五六个小时，可以想见路况是何等的险恶。然而，这还不算是最糟糕的时候。一九六三年，西林从隆林分县时，两地之间根本就没有公路，交通工具主要为马匹。许多当年的“老西林”都记得，他们当时进入西林的时候，马背上除了简单的行李，还有老人，箩筐和背篓里装的基本上都是他们幼小的孩子。后来修通了隆林至西林的公路，这条路多数路段在海拔一千米以上的高山大岭间蜿蜒。行车其中，头上山高刺云，脚下万丈深渊，令人不寒而栗。这段路上，有一个叫德峨的小镇，世居有多个少数民族，不仅冬天气候特别寒冷，民风民俗也很奇异，诸如跳坡、爬楼、抹黑脸、吃羊瘪之类的习俗，往往让那些猎奇的外乡人脸红心跳不已。

大约到了二十世纪七十年代初期，西林才有机会逐渐摆脱对隆林那条路的依赖，人们沿着驮娘河修筑了一条途经那劳、定安至潞城的田（林）西（林）公路。这条路恰好与原先绕旧州、沙梨、隆林、德峨至西林的324国道形成了一个椭圆形的圈。尽管至今这条路依然弯多路窄，但是却比走隆林近了五六十公里，而且几乎是沿河谷走，没怎么爬坡。令人欣慰的是，如今人们进出西林的公路已不止一条。“三林”中，西林不仅与隆林、田林通了省道，而且与其接壤的云南、贵州的五个县中，西林与云南的罗平、丘北、广南、师宗分别各有一条公路连接，可谓是四通八达了。西林从分县时没有一条公路到现在有五六条出境公路，从没有一公里柏油路到现在有八十公里二级路，和自己比较，可以说是翻天覆地的变化了。现在，县领导常常自豪地对外地人说，西林已经不再是“省尾”，而是“省门”了。不是嘛，从云贵进入广西，西林当然是最便捷的通道了。一次，县里的朋友对我说，现在从南宁回到我的农村老家，可以不用踏踩泥土路了。我以为是玩笑。回去一看，果然如此，老家平用连村道都铺了水泥。铺了水泥的村道自然是方便了步行和行车，不过却害苦了寨上的牛马，稍不留神就会滑蹄摔跤，往往弄得人仰马翻。

然而，西林仍然是广西至今唯一没有通二级公路的县份，这个事实显然无法让西林人自满，同志仍需努力。从地图上看，从南宁到昆明最直的线路也应该是经过西林的，可是偏偏铁路和高等级公路均绕道西林。这对于西林来说，不能不算是一件遗憾的事。

2005 年冬于南宁凤岭

草原上的风

有一个地方你不能不去，那就是草原。我是一个山里人，从稍谙世事起，就对两个地方特别向往：一处是大海，另一处便是草原。

因为生活在南宁，去看趟大海的成本也不大，于是几乎每年都有一次或几次去探视大海的机会。草原则不然，因为它离我很远。它远在祖国的北方，它远在北方之北。以前，我对草原的认识仅限于玛拉沁夫的长篇小说《茫茫的草原》和电影《草原英雄小姐妹》，还有后来百听不厌的胡松华、德德玛、腾格尔他们的歌声。

终于等到了一次去探访草原的机会。2004 年 6 月 21 日，我们鲁迅文学院第三届高级研讨班的全体学员早早地就离开了首都北京，沿着（北）京张（家口）高速公路，向北进发。我们此行的目的地，是距离京城600余公里的锡林浩特。锡林浩特是内蒙古自治区锡林郭勒盟的驻地，也是锡林郭勒大草原的心脏。在蒙古语里，“锡林”意为天堂，“郭勒”意为草原，“浩特”意为城市，锡林郭勒即天堂草原。从张家口上了通往锡林浩特的207国道，平坦的二级路在缓坡蜿蜒爬行而上，经张北县折向东北方，不久就进入内蒙古高原边缘的锡林郭勒盟太仆寺旗。如果你是一个细心的旅行者，那么你就会感觉到，从八达岭到张家口到张北县再到锡林郭勒草原边缘的太仆寺旗边界，这200余公里的路途都像是在一个巨大的缓坡上爬行，仿佛行走在两级阶梯之间。后来我们被告知，北京和草原的制高点海拔相差一千三四百米，锡林郭勒草原是名副其实的内蒙古高原的一部分。从张家口以北的张北县开始，尽管我们坐在车里，但已开始感觉到风的力量。车窗外呼呼作响的凉风，路旁被风雨切割得光秃秃的山脉，山岭上成群的风力发电机……这一切，都表明这强劲的风源来自北方。

爬上长长的缓坡，驶过一片宽宽的防风林带，天地豁然开朗起来，草原呈现在了我们的眼前。这就是锡林郭勒草原，是我向往的草原。我们激动得争相从车上下来，奔走在路旁宽阔的草原上。然而，海拔高差和温差使草原上的气象也变得诡秘起来。艳阳下，一股强劲的北风吹拂着我们这些初到草原的旅行者，让人感到凉飕飕的。天蓝如洗，宛若镜子般平静的大海。云朵洁白如棉，浮游在树梢上，牛羊的背上，牧民的房顶上，仿佛伸手可摘。主人告诉我们，草原很久没下雨了，草迟迟不长，要是往年，早已是花繁草长，草也长到膝盖那么高了。

往北走，我们逐渐进入草原的纵深地带。眼前的公路仿佛没有尽头，越来越难看到树木的影子，草原更是变得愈加辽阔和深远。天空时晴时雨，变幻莫测。如果不是亲临其境，我又如何知道，除了大海，还有什么叫作辽阔，什么叫作宽广深邃，什么叫作无边无际呢！在迎接晚宴上，我们才从热情的主人处得知，锡林郭勒盟下辖 12 个旗（县、市），人口 93 万，面积却有 20 万平方公里，相当于两个浙江省。锡林郭勒草原面积达 18 万平方公里，是世界著名草原之一，同时也是内蒙古最大的一片草原。

到锡林郭勒草原上做客，没有一点酒量是极不洒脱的。草原上民风淳朴，我们每到一地，热情的主人便会举行隆重的仪式，请客人喝下马酒和上马酒。身穿盛装的姑娘和小伙站成一排，手捧哈达、酒碗，边唱迎宾歌边一一向客人敬马奶酒。这碗酒虽然度数不高，却有二两之多，空腹时一碗下去，许多人的脸顿时温热了起来。草原上的酒文化十分繁复。除下马酒和上马酒外，真正让我们大开眼界的是草原的酒品和宴席上的敬酒仪式。我们访问过的锡林浩特市和西乌珠穆沁旗、阿巴嘎旗、正蓝旗和多伦县，每个地方都有当地出产的好酒，而且酒品不错。每当主人盛宴相待，都会有男女歌手载歌载舞，然后由歌舞者端上当地的名酒，逐桌逐人地敬酒。每每客人接过酒碗后，要说句吉祥祝福的话，用手指蘸酒弹酹，再用双手捧碗将酒一饮而尽。

蒙古包是草原上的另一道风景。我们有幸在西乌珠穆沁旗的蒙古汗城住了一夜蒙古包。刚钻进去，天就淅淅沥沥地下起雨来。雨打在毡包上，悄然滑落草根，湿润着草原。令我感到意外的是，可能是已经结束游牧生活的缘故，现在草原上住蒙古包的牧民已经很少见到。展现在我们眼前的民居绝大多数是砖瓦式的平房建筑，白墙红瓦，星星点点，在绿草如茵的草原上十分抢眼。走近民居，草原牧民的生活设施尽收眼中，一户人家一般是一至两栋房屋，几间羊圈，一辆汽车或拖拉机，一台风力发电机，一只“锅盖”（卫星电视接收器），一两眼机井，一堆牛粪，外加若干条牧羊狗。牧民一般很少聚居，都住在自家划定的草原上，一户数千上万亩的草场被主人用水泥桩和铁丝围成若干片，有的用来放牧，有的用来种草。由于草场宽阔平坦，多数牧民都配备了放牧用的摩托车，很少骑马了。

在阿巴嘎旗、正蓝旗和多伦县，我们也看到了一些沙化的土地在草原的边缘若隐若现，这就是著名的延绵数百里的浑善达克沙地。每年春夏之交，来自北方极地的风掠过大草原，与南方来的暖湿气流在沙地上相遇，最终把大量的沙尘扬上天空，与来自新疆、甘肃和内蒙古西部沙漠的沙尘暴纠合到一起，肆虐包括北京在内的整个华北地区。草原生态正在急剧恶化，万里草原也有可能变成沙漠，这并非危言耸听！所幸的是，已经有了最靠近北京的一大块沙地的锡林郭勒盟并没有坐视不管。进入新世纪后，大草原上刮起了一股更为强劲的改革之风，盟里及时对草原作出实行“围封转移”的战略决策，进行畜牧饲养方式的大调整。

今天，昔日大草原上满地牛羊跑的现象已经越来越少，草原变得更宽更绿了。

写于2004年夏

冬天到长春去看车

一直想去一次长春。因为在遥远的东北，长春这个城市早已根植在我的心中多年。还少小时，我看的电影就有不少是长春电影制片厂拍摄的。由于1961年拍摄了《刘三姐》，无疑更加深了我对长春电影制片厂的崇敬，这部百看不厌的经典影片曾经给我这个广西人带来了欢乐和感动。此外，这个城市给我另一个难以磨灭的印记，便是中国第一汽车制造厂和它所生产的解放牌汽车。这种在中国道路驰骋了半个世纪的大卡车，不仅方便了我们的生产生活，更使我们的社会文明不至于被世界文明拉得太远。

而今天，具体地说，是指20世纪末21世纪初这20来年，我对长春的认识与崇敬愈加深而亲切。因为这个城市拥有一本享誉文坛的《作家》杂志，还因为这个城市新添了一个人们耳熟能详的品牌——一汽大众。作为一名业余写作者，我一直将能够在《作家》上发表作品当作至高的荣耀。而我这样一个换过三部车的老车迷，对一汽大众及其旗下那些汽车品牌也一直关注。

记得在大约半年前的一次聚会上，一位开大众“高尔夫”的朋友透露，他在广州看到了大众一款名叫 CC 的轿车。该款轿车设计非常经典漂亮，是他迄今为止看到的线条最好的小轿车。尽管当时我对这款叫 CC 的车毫无所知，但是我相信这位老兄的眼光和鉴赏力，而且人家还是个官，说话极为谨慎，极少乱说大话。然而，耳听为虚，眼见为实。之后，我上网搜看了 CC。果然是不同凡响，抛开那些高科技、高性能设计配置不说，单凭那俊美的外表就足以让我怦然心动了。不久，我所居住的城市南宁举办了一次规模较大的车展，地点恰好在我们小区附近的南宁国际会展中心，这里是中国-东盟博览会永久举办地。零距离观赏 CC 的机会终于来了，我特地约了一位车友一同前去看车。走近一汽大众展区，我一眼就认出了 CC。在众多的展车中，这款车确实是鹤立鸡群，给人一种夺目感。呈现在我眼前的 CC 不仅秉承了大众皮实浑厚的风格，而且车身流畅，优雅时尚，动感十足。我迫不及待地坐进驾驶室里，仔细地倾听推销员的介绍，被这款车的优越性能和舒适感所折服。当我关上车门的瞬间，我就想，下次换车，CC 便是我的首选。

不曾料到，我终于等来了一次去长春的机会。这是一个暖和的上午，来自北国的《作家》的王小王说，他们杂志近期将组织一个采风活动，问我能否参加。由于时值年底期末，事情很多，能不能去，我一时不好回复。见我犹豫，小王特别强调说，这个活动是到一汽大众采风，而且这个季节的长春是最好玩的，希望我能去。长春我当然想去了，一汽大众我当然也想看了，更重要的是能够去看看老朋友宗仁发主编和他们办的《作家》。然而，想归想，向往归向往，真正要去一趟长春却不是一件容易的事。

出发前的那天中午，我特意打开了吉林省地图，长春、长白山、延吉、松花江……我要到小说《林海雪原》中描述的东北了，内心不免有那么一点小激动，午觉也睡得不踏实了。12 月 20 日下午 4 点，我把车停到机场的停车场，然后登机飞往广州。我所在的城市没有直达长春的飞机，我不得不在广州或北京这两个地方转机。由于当天上午有公务在身，我错过了白天两个抵达长春的航班，不得不选择从广州转乘夜班飞机去长春的方案。当晚 8 点多，南航的飞机正常起飞，直奔我此行的目的地——我久违的长春。似乎一切都还算顺利，虽说晚飞了半个小时，机长乐观地预告说大约 0 点 20 分抵达长春，地面温度是零下 18 摄氏度。想着航班飞行正常，半夜就能抵达目的地，我心里也踏实不少，干脆假寐起来。

终于等来了飞机即将降落长春机场的广播，乘客们也开始骚动起来。飞机开始下降，气流增多，机身有些摇晃，窗外能够隐隐约约地看见地面上的灯光，有山头和雪原，一切都预示飞机很快就要落地。然而，当我们的飞机减缓速度在三四千米空中掠过一片片灯火区，却未在最大的一片灯火区继续下降时，我的心里忽然有了一丝不安。接着，我感觉到我们的“大鸟”忽然又一阵加油，渐渐提高了飞行高度。这时候原先还很嘈杂的机舱变得寂静了许多，舱内的广播也沉默了。此时，我心中的不安越来越强烈，眼睛不时盯向迷蒙的窗外。10多分钟后，机长通过广播告诉大家，由于地面大雾，机场不具备安全降落的条件，飞机即将备降延吉机场，等待天气好转再飞回长春。这个消息不啻一瓢冷水洒进油锅里，大家都嚷嚷起来。

此时此刻，我想起了还在广州机场候机时收到的一则短信。一位朋友晓得我要去长春，便揶揄说我是要找大长今去的。当时我复信说长春哪里有什么大长今，“大长今”们都在延边呢。谁会知道真让朋友的乌鸦嘴给说中了。航向说变就变了，目的地从长春变成了延吉，而且飞行中的各种不确定性太复杂了，什么事情都有可能发生，天晓得机长是不是在向大家隐瞒呢。余下的30分钟变得漫长起来，乘客们的表情也没有了先前的轻松，都变得沉重了，只有两个不谙世事的孩子还在走动追逐。记忆中的地图告诉我，延吉位于长春的东面，距离朝鲜已经很近，离俄罗斯也不远了。要是到了延吉仍然降落不了，那么麻烦就大了。而我在空中胡思乱想之时，我想在长春机场接机的王小王一定也在干着急。这样的大冷天让一个女孩子在机场空等，那是何等的罪过啊。

好在延吉机场没有雾也不结冰，飞机在凌晨1点钟左右稳稳地降落在跑道上。我迫不及待地打开手机与小王联络，边报告情况边劝她先离开长春机场回去休息，因为这边乘务员也说不准何时能够起飞，一切都要看笼罩在长春机场的大雾几时能够散去。与此同时，我们被请出飞机步行100多米后进入候机楼等候。出到机外，我才发觉自己穿的衣服很单薄，刺骨的寒风迎面吹来，刺进皮肉。机场显然被我们一群不速之客打乱了阵脚，候机楼里没有暖气，没有热水。更要命的是，这时候我才知道，这趟飞机是香港经广州飞长春的航班，托运的行李需要经过海关才可以出舱。海关人员显然已经都下班了，一时半会儿是到不了机场的。取不出行李，就意味着我托运在旅行箱里的御寒衣服拿不出来，没有衣服就只好受冻了。一些穿着很薄的乘客在跟机场值班人员交涉，但最终都没有结果。大约2点，有人称机组人员已经乘中巴车从侧门离去，这个晚上不可能起飞了。我们只好挤上机场大巴往市区驶去，入住位于市区的民航酒店。看到满是朝鲜文的招牌，我晓得，我终于来到延边朝鲜族自治州延吉市了。

与我同房的是一个戴眼镜的年轻人，他显然坐的是第一趟大巴，比我早到。我进门时他正一个人喝闷酒，茶几上有两瓶小二锅头和几根火腿肠。交谈中，他自称是通化市人，刚从新加坡打工回来，出门三年了，很想家就请假回来了，不承想会被带到了延吉，他媳妇正在长春机场干着急呢。他不时和媳妇通话安抚一番，不时谈起他的媳妇。他沮丧地告诉我，他媳妇今夜只能睡在机场，因为高速公路已经全部封闭了。既然天不作美，我们只好惺惺相惜，渐渐进入梦乡。第二天一大早，心急的年轻人率先起来和媳妇通话，媳妇告诉他长春机场的大雾已经开始消散，已有了航班消息。我们都以为上午可以离开延吉，不料总台却告知我们，航班要到中午12点10分才能起飞。从小王发来的信息中我知悉，来自各地的作家们上午已经开始了活动，内容是到一汽大众参观生产线。而此时此刻我却困滞在延吉的房间里，既没能看到“大长今”，也因衣服单薄而上不了街，只好乖乖地在大堂等候机场大巴。

中午1点，我们的“大鸟”终于安全降落在长春机场，压在大家心中的石头也落了地。应该说，我们遇到了一位好机长，这是迄今为止我遇到的降落最平稳的飞机，让你没有太多的落地感它就已经滑行在跑道上了。我本以为能准时到达下榻的南湖饭店，可以参加下午的研讨活动，然而，从取行李到上高速再进入市区，居然花了近两个小时。眼看我赶不到南湖饭店，跟不上大队伍到一汽大众去开研讨会，小王在电话里转达了宗仁发主编的话，说我已经被折腾了一宿，干脆就到饭店休息得了。这回轮到我不干了。我来长春的目的之一不就是要一睹一汽大众的风采吗，我怎么能躺在饭店休息呢。尽管有些疲惫，但是我仍然要求到达住处后马上赶到会场。许是被我的倔劲感动，仁发兄终于答应了我的请求。

当我坐上《作家》副主编王义璞开的奥迪车，迎着雪花驶上湿滑的街道往一汽大众赶去时，我的心不由得一阵激动。王义璞说，整个一汽的厂区车间大约占据了长春市的四分之一，而一汽的产值则占整个长春市总产值的百分之六十以上。更令我吃惊的是，我们走了近半个小时，竟然是一直走在一汽的厂区里。虽然道路泥泞湿滑，路上仍有一辆接一辆的大卡车驶进驶出，一些新型轿车、越野车正被运往全国各地。

说到大众车，王义璞如数家珍，除了介绍新推出的CC外，奥迪 Q5 和全新奥迪 A8L 3.0 TFSI quattro 也是他熟悉的车型。我想，做一个长春人是值得骄傲的，因为长春不仅有一汽，更有一汽大众。据说，德国人投放到一汽大众的每一款新车，无论是配置还是科技水平，都是与其国内同步的。也就是说，德国人能开的大众新车，中国人也可以同时享用了。一路七拐八弯，我们终于走进了一汽大众的区域，走进了一汽大众的办公大楼，走进了热烈讨论中的会议室。在偌大的会议室里，作家们正在研讨“汽车时代的文学与生活”。当我一一握住《作家》主编宗仁发、中国作协副主席高洪波和长春市委秘书长钱万成温暖的手时，一股暖流漫过了全身。这时候我才确信，我已经走进了一汽大众，走进了一汽大众的心脏。

长春的白天比南宁短，才 4 点半天就渐黑了。晚上，除了参加欢迎晚宴，我们还受邀观看东北二人转表演。我们不得不暂停热议中的话题，驱车前往吃饭的地方。虽然天空依然有稀细的雪花飘舞，但更高远的天空却是明月高挂。更让我惊诧的是，透过车窗竟然能看到月全食，此时的月亮正在复圆呢！

2010 年冬于长春

大地的眼睛

许多人去乐业，肯定是奔天坑去的，我们也是一样。

在此之前，乐业天坑已经如雷贯耳了。我们知道，乐业有一个大天坑群，这是一个世界级的景象。我们还知道，其中一个最大的天坑，叫大石围，很大，很深，很险，很神秘。而且，至今能深入天坑底部的人寥寥可数。

百闻不如一见。三月天，因主人盛情相邀，我们一行得以了却了这份心愿。尽管由百色通往乐业的二级路还在修建中，路很难走，然而，乐业和天坑依然如磁石般吸引我们。说来令人难以置信，我这个桂西北人之前竟然没到过乐业！这次天坑之旅也算是填补了我的一个地理空白。

车入乐业县境，山峰突起。正是夕阳西坠，山影斜照。石山如笋，挺拔秀丽。泥山葱绿，古树参天。平坝上菜花片片，映衬一村一寨的白墙青瓦。真是典型的桂西北高地景致啊！业余摄影家陈慧玲和蓝阳春不时叫停车或央求司机开慢点，他们举着心爱的相机，一路上快门响个不停。有人说，要是到了天坑，这两个人怕是不愿回来了。

我其实也是一个不轻易为山水动情的人，可是到了天坑，还是被这天地的神奇造化感动了一回。我们的车队沿着新修的盘山公路前行，前边的车忽然停了下来。我以为到天坑了，却见主人指着对面山腰说，大家先看看樱花吧。我们都急忙下车，往右边山腰看去。果然，一簇簇紫白色的花正在春风中肆意绽放，在满山遍野的绿色中格外夺目。我们一帮摇笔杆的正站在公路上过眼瘾，而另一辆车上的摄影家们却都忙坏了。

“不是说日本才有樱花的吗？”凡一平独自嘀咕起来。年轻的周武红县长当即告诉我们，这里的樱花是专家鉴定过的，和日本的樱花是同一种类。周县长还说：“可惜纯白的樱花已经凋谢了，明年你们早点来。”

观赏过樱花，不远处就是大天坑的西峰。我们弃车拾级而上，路旁尽是肥绿的野蕨菜，令人眼馋。不觉间上至1400余米的西峰观景台，举目东望，禁不住一阵目眩腿软。天啊！眼前这个巨大凹形圆坑就是我们千里迢迢来瞻望的大石围天坑吗？可我怎么看，都觉得像是一只巨大的眼睛呢！

是的，这肯定是一只眼睛。它既是一只地之眼，深邃，深不可测，深得幽美；它，又是一只天之眼，似日月之光，洞察一切。这无疑是一只眼睛，崖壁上的老松就是它美丽的睫毛，坑底上的原始森林分明就是绿色的瞳仁，西峰和东峰像是它的两个眉角。不，它还是一件艺术品。那四壁陡峭的石崖上的画墨，或许还有徐悲鸿、李可染们的签名呢！

大石围天坑是天地间的一只眼睛，是一只永不合眼的千里眼。它镶嵌在云贵高原的皱褶里，如此清澈，如此安详，如此美丽。让我们都去和它交换眼神吧，说不定，你还会得到它一个含情脉脉的秋波呢。

写于 1997 年初夏

那凤那山

一直想去一次凤山，却似乎没什么由头。本人不是官员，没有理由去那里开会出差。本人在那里也没什么业务，不能到那里洽谈磋商。这次终于逮到一次机会，是河池文联潘主席联络到的一份活，说是要帮凤山出一本书，所以就把我们一帮写手招呼到了那里。

从地图上看，凤山确实相当闭塞，属于东（兰）巴（马）凤（山）革命老区当中最为边远的一个县份，与同样较为偏僻的天峨、乐业和凌云等县接壤。许多和我一样没去过凤山的人，一定都会被地图上的那个凤山给骗了。其实那是一种错觉。我们一行从南宁出发，沿衡（阳）昆（明）高速公路南（宁）百（色）段到田阳，转入往巴马的二级路去凤山，前后只花了四个小时，比预想中的耗时要短多了。

而更让我感到意外的是沿途的景色。撇开南百高速公路旁侧秀美的右江河谷风光不说，真正的风景是从巴马的盘阳河开始的。很多到过巴马的人都晓得，巴马是世界有名的长寿之乡，盘阳河不仅风光迷人，风情无限，有百魔洞、百鸟岩等著名景点，而且还是著名的长寿之河，两岸有众多的百岁老人居住。但人们或许并不知晓，这条声名在外的河流源自何方。

与众多河流相比，盘阳河其实算不上是一条大河。然而，因了它的神奇，它的雄性，它的阴柔，以及它的旖旎，它的名字早早地就嵌入了我的记忆里。当我们驱车溯流而上，一次次赞叹两岸的河光山色时，我一直认为，这条河流应该是只属于巴马这个地方的。因为它一直与“巴马”“长寿”“风情”“洞穴”“油鱼”“火麻”“香猪”等名字交相辉映，让我们常常可以在城市里领略受用。殊不知，我的判断竟然出了问题。

当河流甩开了公路钻进了山体后，山渐渐就成了视野中的主角。汽车在盘山公路上绕行，盘阳河也在我的脑海中渐渐淡化。凤山会是什么样子呢？此山此路，此情此景，凤山成了我唯一的期待。

然而，途中却有意外的惊喜。车子爬过几座山后，眼前豁然开朗，竟然又有一条河流出现在左前方。有人说，这条河其实就是盘阳河，不过这里已经是凤山境域了。听说又是盘阳河，我不由得又来了精神，仔细打量起来。与原先在巴马看到的下游相比，这截盘阳河水流同样丰沛清澈，不同的是流动似乎更为平缓。清流两岸，树影婆娑，田畴青绿，寨屋星点，好一派田园风光。更为神奇的是，这盘阳河是从一处绝壁树林之下缓缓溢出来的，它造就了数百亩的低洼地之后，又在十里之外的下游潜匿于地下了。

这个地方叫作坡心，就是凤山人引以为傲的三门海。三门海其实不是海，而是水源洞，是水上天坑。因为进洞要经过三道门洞，每个门洞隔一个深潭，潭上各开一个天窗。据说，因为每个潭水面宽阔，水色深蓝似海，且会“潮起潮落”，所以称海。“海”是当地人先叫的。三门海，一门出水口，二门外海，三门内海。近年来，经过中外探险家的探究，除了原先的三门海，又陆续在三千米洞内发现了四个规模更大的水上天坑群。

进入三门海，就等于进入一个奇幻的世界。洞外，盘阳河畔小桥流水人家，竹光倒影，鸭鹅嬉戏，洞口之上悬崖峭壁，古树参天。荡舟入洞，洞内幽深清凉，蜿蜒曲折。大约十来分钟，前头忽现亮光，越往前行光圈越大，最后见到一片蔚蓝的水面，呈扇形慢慢撕开，亮光爬越藤蔓和灌木垂直而上，直观天空。阳光下，洞穴、海水和天色浑然天成，令人惊叹。

第二道门相对开阔一些。轻舟入洞，先是阳光折射下的水色和洞内的弱光作用，水面的颜色变幻莫测，使人几疑是进入了魔幻境界。从第二道门到外海，除了变幻的海水，还有洞内千奇百怪的钟乳石和大量的生物岩溶，仿佛是一个洞穴奇石博物馆，令人目不暇接。

外海不大，一面是山崖峭壁，一面是洞壁，绿色的植被和如画的崖石相映成趣。置身于外海之中，四周静谧，偶尔有几滴岩水跌入水中，也溅起很大的响动。小舟一路前行，第三道门悄然而至，门洞里那些倒置的钟乳石更是把生命与自然演绎到了极致。有的形似动物，有的像是人体，有的宛若拼图，一个个一处处，活脱脱，形动动，影绰绰，令人赏心悦目，叹为观止。

进入第三面海，也是最大的海，最大的水面。据说，这片海是由来自不同方向的六条暗河汇成的。这处被称为内海的水面，水色蓝得有些泛白，幽深得令人窒息。如果从天空往下看，圆形的水面，翠绿的山体，其实就是一只镶嵌在大地上幽蓝的眼睛。

三门海因其神奇被人们称作长寿源。多少年来，三门海就像是一个孜孜不倦的酿酒师，源源不断地酿制出香醇可口的生命之酒水，沿着盘阳河生生长流，哺育两岸的生灵。作为盘阳河长寿之乡的源头，三门海是值得尊重的。而作为风景，三门海也是令人向往的。

除了凤山，广西还有一些以山为名的县份，比如马山、灵山、蒙山、钟山等。尽管县名各异，但大体都与山有关。也是除了凤山，这些和山相关的县名，几乎都是因真正的山峰得名。而凤山的县名，我经多方探听，答案却不尽相同。

还没有来凤山之前，我只知道这里是右江红色土地的一隅，是红七军的摇篮，曾经发生不少悲壮的革命故事。然而，踏上这片土地之后，我才渐渐感觉到，沿途山峰果然和巴马大有不同。尤其是县城所在地凤城镇，四周群山环抱，山体更是形态万千。难怪有人说，凤山的山像凤一般灵动。

也有人称，凤山得名是因为那些山形似展翅飞翔的凤凰鸟。但是比较一致的说法是，凤山县因“环山似凤，环凤皆山”而得名，也就是凤在山中，山在凤中了。

那天刚放下行李，主人就说不在招待所吃饭了，要带我们去吃狗肉。起先我以为是在县城的哪个食肆酒楼吃，殊不知主人开车绕城一圈，穿过一个巨大的溶洞，然后沿山脚公路，往群山深处驶去。行驶大约三公里后，进入一个村落，直抵一户农家门前停下。不用说，一桌香喷喷的狗肉呈现在眼前。

这个叫松仁的壮族村子，依山傍水，曾经出了不少当地叱咤风云的人物。更让我惊异的是它四周的山体，一边是姿态万千的喀斯特群峰，另一边则是黛绿如洗的土坡。而那盆景一样精致的石山土岭至今依旧印刻在我的脑海里。

第三天下午，我们终于有幸又回到县城边先前两次经过的那个巨大溶洞，仔细领略它的风采。对于这个被称为穿龙岩的溶洞，曾有古诗云：“半江碧水自穿流，绕城清浪龙隐卧。”相信所有投入它怀抱的人都会对它怀有敬意，相信到此的人都会被它巨大的空间与容量所惊叹。穿龙洞内不仅有公路有桥梁穿过，有一条十多米宽的河流，有大型停车场，还有一个偌大的凤山岩溶国家地质博物馆，一个拥有一万个座位的溶洞剧场。所谓有容乃大，就是对自然空间之大或人的胸怀之大的一种描述，而凤山县城的穿龙岩正是这种描述的最好诠释。

凤山之美在于山，在于洞，在于水，在于石，在于县城内一衣带水的穿龙岩，在于神奇的江洲仙人桥，在于仙宫神殿般的鸳鸯洞，在于绿树如盖的巴腊猴山，更在于气象万千美轮美奂的三门海。

在我的眼里，凤山的“凤”就是河流和溶洞，而“山”即是山与人的组合。那山那凤，构筑了人与自然最为和谐、最为瑰丽的风景。

2008年6月3日于南宁凤岭

流淌的笑声

——关于老木棉的风水

你能想象一座城市或一块宝地没有水吗？答案当然是否定的。倘若没有水的滋养，没有水的灵动，那么，这座城市，这个地方，便会失去它应有的生气。

古人认为，生气是风水的核心。生气是生发万事万物的根基，有生气的地方才有希望，有希望的地方就是“风水宝地”。我以为，生气即是水。

丽水边城位于中越边境，与越南隔河相望。其生气来自德天瀑布，而老木棉酒店的生气则来自归春河。

相地要先观水。这也是祖先告诉我们的。有一本古书说：

“人之居处，宜以大地山河为主，其来脉气势最大，关系人祸福最为切要，若大形不善，总内形得法，终不全吉。”这句话意思是说，人住的地方，首先要与大地山河相协调，要把人们的幸福感当作最高关切。如果外部环境选择不当，即使住宅内部形局布置得法，终究不能称为上好的住宅。

如果说，丽水边城是占据了归春河流域的风水之先，那么，老木棉酒店更是占尽了地利之先。因为，老木棉不仅是归春河大水系中的一朵奇葩，更是丽水边城独立水系中最闪亮的明星。

是什么样的天意成就了老木棉的生气呢？当然是德天瀑布，是归春河，是属于老木棉独有的发达的水系。

水系被誉为大地的血脉，而构成水系的是河道，河水是大地的血液。河通则流畅，流畅则地灵，地灵则人杰出。

说到老木棉水系，我们不能不说德天瀑布，更不能不说归春河。

归春河，这是一条名副其实的国际河流。她发源于中国广西壮族自治区百色市靖西县渠洋镇，流经靖西县区、化峒镇后一路南下，从岳圩镇进入越南高平省后又踅向东北，于德天瀑布处成为中越两国的界河。

德天瀑布，因位于大新县硕龙镇德天村而得名。“德天”，是当地壮语的音译，意思是“发光的石头”。关于德天瀑布，有资料这样介绍：它宽达208米，落差70余米，纵深60余米，分三级跌落，是世界第二大跨国大瀑布。

德天瀑布距中越边界第53号界碑只有50米左右。也正是这个53号界碑，将德天瀑布一分为二，中国境内的主体瀑布宽约 100 米，越南境内的瀑布则称为板约瀑布。实际上，德天瀑布加上板约瀑布，总宽度达 208 米，所以称得上是亚洲第一大跨国大瀑布。

德天瀑布的形成，与归春河上的浦汤岛有关。在喀斯特山区弯来绕去的归春河，一路坦坦荡荡。从上游流经浦汤岛后，突然变成一匹脱缰之马，分成数股激流，在参天古树的掩蔽下忽然奔涌而出，分三级冲下断崖，飞泻而下，形成归春河上最壮美的奇观——德天瀑布。

丰水季节，从下游数百米处的左岸眺望德天瀑布，只见水雾遮天，水花四溅，阳光下还有彩虹若隐若现，沉闷的流水声震荡河谷，撼人心魄。

从国境这边公路的山坡上俯瞰归春河，你会看到更多更美丽的断崖奇观。德天瀑布，绿岛行云，沙屯叠瀑……崖上河水婀娜，绿水青山，古树葱茏；崖中水雾蒸腾，上接云霄，水瀑如花；崖下深潭碧水幽幽，无瑕如玉。

如果你乘坐当地壮家人制作的竹筏，用竹篙撑到河中漂流，那种刺激、那种惬意、那种快活就自不必说了。

在归春河水系，德天瀑布并不是一朵独自怒放的山花。从德天瀑布上溯几十公里，另一幅中越边境线上的风景画——靖西通灵、古龙两大峡谷也近在咫尺。它的下游，就是风景如画的黑水河，被誉为人间仙境的明仕田园风光就在河畔。

归春河流到一个当地人称为狮子山的地方，那里有一个叫隘江的村子。大自然似乎对隘江村特别眷顾，在此把水流一分为二。大部分水流顺着主河道奔腾而下，形成了归春河著名的绿岛行云景观。小部分水则流经村前的田垌，绕过狮子山的一侧，一路畅行在石缝树间，汇流于狮子山的“尾巴”处。

亿万年河水的冲刷，使狮子山北侧的支流两岸形成了一片宽阔而狭长的谷地，丽水边城就坐落在这数百亩宝地之上。老木棉酒店如一块镇宝之石，屹立在狮子山和岸坡之间。

进入老木棉酒店，最先让你陶醉的可能不是水，而是树林。高挑的木棉树，葱茏的勒竹丛，那些你说不上名字的各种各样的树木，或高或低，或粗或细，或弯或直，使你几疑来到了原始森林之中。而不高的楼层，别致的装修，也很容易让你产生错觉，觉得老木棉的外貌并不怎么起眼。然而，当你步出车外，徜徉于竹间林下，你就会看到另一种景致如少女羞涩的微笑，悄然攫住你的目光，让你禁不住驻足仔细观赏，那便是林间四处欢笑流淌的水。

这是一个让我惊叹的水流系统。在老木棉酒店的上方，归春河水被拦腰截断，一部分河水乖乖地流入引渠，导入下游的一个小型发电站，另一部分水则漫过堤坝，汇积于坝下一张半个球场大的水潭，然后沿着网状的河道流向下游。由于地处喀斯特地貌区，水流落差较大，老木棉酒店四周河道密布，或明或暗，弯弯曲曲。走在林间步道，石桥下流水潺潺，似在向远道而来的客人发出悦耳的欢笑声。你只有听过老木棉河道上的水笑声，才能体会到，除了人类，还有大自然发出另一种纯真无邪的笑。这种笑声有欢笑，有朗笑，有嬉笑，有憨笑，有微笑。躺在老木棉酒店舒适的床上，这些水笑声会让你很快沉醉入梦。

也许我是幸运的，入住老木棉酒店的两个夜晚，让我品味到了老木棉酒店不同的水色，享受到了两种截然不同的水声。其实让我有两种截然不同感受的原因，源于老木棉酒店下游的一个水坝。因为修理河道，第一天夜晚水坝开闸，众河道形成不同的落差，所以才会有水发出不同的笑声。

第二天下游水坝关闸，四周的洼地及河道蓄满了水，老木棉酒店也变得安静起来。这些源自归春河的水碧绿剔透，清澈见底。到了夜晚，在景灯的映照下，河水的颜色变幻莫测，有几尾不知名的小鱼在悠然畅游。夜深人静，侧耳细听，你能听到来自水边的轻笑，不知是鱼语还是水声。

毫无疑问，老木棉酒店注重在空间设计上实现天地人合一的理念，而水则是其中重要的一环。河流有曲有直，有宽有窄，有深有浅，乃天然而成，因势利导，顺其自然。作为丽水边城的龙头建筑，老木棉酒店的水上文章可以说是书写到了极致。据说，老木棉酒店的主人并不满足于现在的水景，还将修建一些浪漫的水下全景玻璃情侣房呢。

水流之美，首要流畅，其次水清，然后岸绿，则成美景。老木棉之美，皆因有德天，皆因有归春，皆因有水。

2012年11月于大新归春河畔

动力改变生活

不久前随一批作家去玉柴采风，从一开始我就表示出了很浓厚的兴致。因为，玉林柴油机厂的名声确实很大，对我来说，是向往已久。更因为，柴油机是我早就熟悉的一种工业机器，也是我崇敬的一种动力。

我们知道，动力是一切力量的来源。而动力又分为物质动力和精神动力两个方面。至于精神动力指的是什么，这个应该是人们早已心知肚明的事物了。我们所说的物质动力，当然是指使机械做功的各种作用力，如水力、风力、电力、畜力、热力、磁力和原子能等。打个简单的比喻，在动力家族里，如果物质的和精神的动力是爷爷辈，那么接下来的各种动力便算得上是父辈了。而热力发动机所包括的蒸汽机、汽轮机、内燃机（汽油机、柴油机、煤气机等）、热气机、燃气轮机、喷气式发动机等，当作为子辈论。那么，柴油机作为内燃机动力家族的一员，就该属于孙辈了。就个人认知而言，在种类如此繁多的动力家族中，我最喜欢也最熟识的当然是大名鼎鼎的柴油机了。

小时候，在我家乡桂西北乡下，人们最先看到的机器有两种：一种是电影放映队的汽油发电机，另一种是抗旱抽水用的柴油机。每次村里来放映队，都要派几个壮汉去邻村抬机器。晚上机器一响，电灯亮了，放映机转动了，银幕上也就有了摄魂动魄的影像。能够看一场电影，那是我们乡村孩子的一大乐趣。我第一次看到柴油机，是 20 世纪 60 年代中期的一个春天。那个本应是鲜花盛开、春水盈田的季节，却偏偏遇上了大旱灾。村里眼看快要插秧了，但稻田却还是干旱龟裂，人们急得像热锅上的蚂蚁。后来，经大小干部们奔走呼吁，县里终于同意调拨一台抽水机救急。那时候还没通公路，村里几十个汉子徒步往来 30 公里，千辛万苦地从县城把柴油机和抽水机抬了回来。人们在技术员的指导下迅速安装好了机器。在全村人的注视之下，这台神奇的机器终于在寂静的驮娘河畔轰鸣起来。后来我才晓得，这是一台 26 匹马力的直列系双缸柴油机，制造厂家好像就是玉林柴油机厂。

之后，柴油机渐渐走进了我们的视野，走入我们的生活。当我第一次看见原先笨重的柴油机竟然被缩小后安装在手扶拖拉机上时，便觉得这种机器简直太不可思议了。后来我到县里的水泥厂工作，那时候“五小工业”都缺少电力，柴油机便成了唯一的替代动力。在水泥厂，我算是又开了眼界，除了十几匹、二十几匹的柴油机，还有50多匹和近百匹的柴油机，更有能发上百千瓦的柴油发电机组。这些大家伙都开动时，每天往往要用掉数吨柴油。那些年月，我还学会了柴油机的简单修理，比如油路清洗、喷嘴调试、汽缸盖拆除、点火调试等。有一次，我还独自处理了一起柴油机飞车事故。

原先，柴油机用途并不是很广泛，直到20世纪70年代，由于世界性的石油危机，以及柴油机所具有的较高的热效率，柴油机的应用范围才日益扩大。后来，又因为技术和材料的进步和创新，柴油机不断更新换代，这种神奇的机器在工业、农业、交通、采矿、兵工等部门得以广泛应用。如今，不仅各种类型的船舶、汽车、拖拉机、物料搬运机械、土方机械、排灌机械、小型发电装置等都以柴油机为动力，甚至凝聚了尖端科技成果的坦克、潜艇等都用上了柴油机。一些过去采用汽油机的机械产品，如小轿车、轻型卡车等，采用柴油机做动力的也日渐增多。

说到柴油机给我们的时代带来的好处时，我们不能够忘记一个人，他就是“柴油机之父”——德国人鲁道夫·狄塞尔。

柴油机是工业文明的产物。1858年3月18日，一个为柴油机而生的德裔男孩在法国巴黎呱呱坠地。由于父母均是德国人，法德两国交恶后，狄塞尔一家便被驱逐回德国。1879年，年仅21岁的狄塞尔大学毕业后就当上了一名冷藏专业工程师。之后，狄塞尔在实践中强烈感受到，当时的蒸汽机和点火式内燃机的效率还相当低。于是，他便萌发了自己设计新型发动机的念头，并且致力于开发高效率的内燃机。

像所有伟大的发明家一样，鲁道夫·狄塞尔的柴油机发明之路可谓是困难重重。他从烧花生油开始，直至后来的柴油；从原来的模仿，到后来的自主研制；从一个自食其力的工程师，变成一个濒临破产者。历尽千辛万苦，1892 年，鲁道夫·狄塞尔终于能够向全世界展示凝聚了他心血的成果——一台实用的柴油动力压燃式发动机。作为“人类最伟大的发明”之一，鲁道夫·狄塞尔的发明改变了整个世界，改变了我们的生活。

今天，当我们风尘仆仆来到桂东南的玉林，探访这个神奇的柴油机王国的时候，鲁道夫·狄塞尔似乎就活在 1 万多名玉柴人中间，让我对他们顿生敬意。

2011 年 9 月于玉林

排队在美国

这个月初，我忽然接到一个自称是美国驻广州总领事馆的电话。开始我以为是骗子，后来对方只是征询我对广州总领事馆的印象和问题，并希望我能提些改进意见。我脱口而出，便说他们最大的问题是“排队问题”。对方还问我在美旅行时对出入关口的印象，我毫不客气地指出，还是“排队问题”。

“排队”这个词在我最初的印象中，是十来岁时随大人们挑着粮担到粮所去交公粮。那时候村里还没有交通运输工具，干部们为了争先进，半夜三更就把村里的壮劳力集中起来，往县城的粮所挑“爱国粮”。我家的哥哥姐姐们或在外面工作或已嫁了人，我大嫂为了完成任务，就把我这个十二三岁的少年也捎带进了送粮的队伍。干部们为了造势抢风头，便让送粮的队伍排着队列唱着革命歌曲，披星戴月地行进在通往县城的土路上。

我们经过两个小时左右的“行军”，到县城时天刚好蒙蒙亮。城里人刚从睡梦中醒来，打开屋门就看见乡下人挑粮进城了。干部们就要这个效果。我们到了粮所后，才发现还有比我们村来得更早的送粮队伍。于是，我们只好边排队边打盹边等候过磅。这就是排队在我脑子里的最初印象。到后来，排队就成了家常便饭，成了我们生活中不可或缺的一部分。

这次美国行之前，我便以为像排队这种事情，应该只存在于中国或者印度这样一些人口众多且工作效率低的发展中国家。殊不知，在富有的科技发达的美国，排队这样的事情不仅是常有的事，更是显得有些泛滥。先说到领事馆、大使馆办签证吧。我到美国驻广州总领事馆办签证的那天早上，老天不作美，下着倾盆大雨。规定九点排队领号，可才八点，来申请签证的人就挤满了大厅。到九点左右，门外的雨稍小了，保安便毫不客气地把大厅里的人都轰到了门外，要重新排队。待这两三百人的队伍自动排成三列，缓缓领号后，保安又宣布九点半以后约见的另外排队，我只好又重新到另一边排队。好不容易轮到我们队列了，天突然又下起了雨，混乱的队伍又不得不到走廊上去排队。终于领到号了，上至三楼，过了严格的安检，又开始打赤脚排队等交材料，交完材料后又坐下来等待叫号，叫到谁的号了谁就再在窗口排队等待签证官的面审。

我以为只有我一个人受到这种待遇，同一个访问团的见面后，在北京的美国驻华大使馆和在上海总领事馆办理签证的其他团员也对排队签证有颇多意见。其实，办签证三番五次地排队只是给我们提前上心理训练课罢了。到了美国后，排队情况更是令我们大开眼界。

一个美国人，从大清早吃早餐开始，就同时开始了排队的项目。然后是排队等红灯、等搭地铁、等乘电梯、等吃午餐、等吃麦当劳、等吃肯德基、等上洗手间、等参观、等安检、等上飞机、等买票、等上火车……此行最令我难忘的是在波士顿机场，我们一干人马手持联票早于登机时间两个小时到机场，不料光排队办理登机手续就花了差不多两个小时，好在飞机晚点，否则我们肯定是飞不成了。在美国，不管谁有多急，排队时一律都要先进行“S”形或“之”字形排队，到头了才让你分开，而不是一个一个窗口地直接排队。

那天晚上我们从波士顿飞洛杉矶，尽管我们辛辛苦苦排了几个小时的队，从办理登机手续到候机，但飞机还是晚点了五个小时，本来晚上六点半起飞却直到晚上十一点半才成行，到洛杉矶已是当地时间凌晨四点了。令人不快的是，机场方面连一声道歉也不跟大家说。这次出行，我的一个深刻印象是，在美国办事情，除耐心排队等待以外，你没有脾气。

2006 年秋于南宁

大路朝天

2006年5月下旬至6月初，我作为中国作家代表团的成员到美国访问。作为一名拥有驾驶证的老司机，除了进行文学交流活动，我尤其对美国的道路和车辆等交通设施和交通工具感兴趣。这样便让我对美国的交通状况或多或少有了一些了解。于是趁有些记忆没有忘却，在此把一些在路上捡到的见闻奉献给广西交通报的读者。

我们一行在美国12天，总共在纽约有两场、在华盛顿和洛杉矶各有一场正式活动，其余时间均是参观和旅行，其中有近一半的时间是在公路上度过的。美国被誉为“轮子上的国家”，无论是城市还是乡村，往往会给初到这里的人一个错觉，那就是行进在街道上和公路上的汽车比行人还多。事实上，美国的汽车人均拥有量也是世界上最多的，据说达到每四个人有三辆。那些住在城市周边的中产阶级家庭，一家人拥有几辆不同功能的汽车是很平常的事情。在纽约和洛杉矶这样的超大城市，大多数有钱人都不愿意住在拥挤的城市里，他们往往把城市当成上班和挣钱的地方，而把别墅建在城市的周边或高速公路的两旁。毫无疑问，就是这些有钱人拥有了美国的大部分汽车，同时也是这个国家烧汽油最多的阶层。

密集的潮水般的汽车和宽阔的道路构成了美国交通最亮丽的风景。许多人都知道，美国有通用、福特、戴姆勒·克莱斯勒三大汽车公司，它们生产的汽车几乎遍及地球的每一条道路。但是在美国街道和公路上行驶的各类汽车中，日本产的汽车仍然是最多的。至于为什么美国路上跑那么多日本汽车，美国人的回答也颇感无奈，那就是考虑到节油的问题。在二十世纪八九十年代，人们可没想到类似节油的问题。尽管如此，如今在美国的公路上行驶的各种豪华汽车和大排量汽车、超大型汽车占的比重还是相当大的，且都一律大白天开着大灯。这也说明一个问题，美国仍然是世界上资源耗费最多的国家。

行在美国，印象最深的是这个国家纵横交错、四通八达的公路网。美国拥有全世界最发达的高速公路网络。行驶在宽阔平坦的公路上，旅行者极少会在收费站和加油站这样的地方看见一个工作人员。主人告诉我们，公路沿线的加油站都是无人加油站，只要司机插卡就可以自己加油了。收费站也是如此，每辆汽车上都有车辆号牌信息识别器，每到一个收费处，只要把速度稍微放慢，让遥感读码器扫描一下就可以出入高速公路了。这套自动结算系统覆盖全美，不管你走到哪里，只要你信用卡上有钱，你就可以通行无阻。

在美国开车似乎很容易认路，所有高速公路都以数字命名，同时以东西或南北来标示其方向。南北向的公路以奇数命名，从西向东数字逐渐变大。东西向的公路则以偶数命名，自南向北数字逐渐变大。根据其数字化命名规则，重要的州际高速公路都是1位数或2位数，州内高速公路则都是3位数，乡村公路为4位数。比如10号高速公路西起洛杉矶，东到佛罗里达的杰克逊维尔，穿越8个州，行程达4000多公里。15号公路则是南起加利福尼亚的美墨边境，北至与加拿大接壤的蒙大拿。

美国不仅拥有发达的公路网络，而且服务设施也相当完备。无论是在东北部茂密的森林里，还是在西部荒无人烟的荒漠上，公路服务站就像是影子一样，一直伴随在公路的一旁，使穿梭往来的旅客有了坚实依靠和可以信赖的伴侣。据在驻美使馆当了四年参赞的陈先生介绍，美国的公路服务区当地英语叫作“莫”（mall），他走过许多国家，没有哪个国家像美国一样，有功能如此完善的“莫”。

美国的“莫”实际上跟我们的服务区差不多，只不过他们的功能更齐全一些。除了和我们一样，有加油站、商场、餐馆、卫生间，“莫”的规模更大。设施方面有大型停车场、宠物专门休息区、卖各种商品的商店。此外，“莫”还免费提供公路交通信息和旅游信息。在内华达州这样的地方，还可以在加油站、餐厅和商场里小赌一把。

尽管美国有上万个各类机场，但在美国旅行没有汽车是不行的。要是没有庞大而完善的交通公路网，这个世界第一超级大国便只能算是一只跛脚虎。而因为拥有了发达的道路网络，这个国家才如虎添翼。

2006 年秋于南宁

乡下人的南宁

2012年1月22日，也就是农历兔年除夕。这一天恰好是儿子14岁生日。一早起来，我忽然生出想把年饭弄得别致一点的念头。于是，上午9点多钟我就和妻子驾车从民族大道东段108号小区出发，到位于民族大道中西段的麻村菜市去采购食材。

说起麻村菜市，在南宁可谓是家喻户晓。它不仅位于民族大道和园湖路的交叉路口，人气极旺，交易红火，还因为这里是20世纪八九十年代南宁的新区，附近有自治区和市直属机关的大板一区、二区、三区和麻村小区宿舍，住户多是外地调到南宁工作的人员和家属。到市场里买菜的多半是操外地口音的人，若卖菜的不通晓几种语言，一般都不敢在这里摆摊交易。由于地理位置比较特殊，这里的鸡鸭鱼肉菜都比别的菜市贵一两成，一般南宁本地人很少来这里买菜。此外，麻村菜市还有过属于自己的荣耀。2011 年 10 月 21 日下午，这里忽然来了一位贵人，前来南宁参加第八届中国－东盟博览会的国务院总理温家宝来到菜市视察。日理万机的总理走进市场看看菜品问问菜价，和市民嘘寒问暖，场面相当感人。

然而，对于我们一家来说，麻村菜市还靠近我原来的单位和住址——星湖路北二里 8 号。自我从 1987 年秋天从乡下调入至 2000 年国庆节搬出，我总共在那里住了 12 年时光。可以说，麻村菜市不仅是属于我的菜市，出生于 1998 年的儿子幼年时期的补养也多半来自这里。麻村菜市的菜贩和屠户似乎也特别会讨巧，会迎合我们乡下人的口味，他们总是不辞劳苦，从外地贩来土猪、土牛、土鸡、土鸭、土鱼，还卖一些口味古怪的诸如香椿芽、茴香、瓜苗之类的菜蔬。记得，孩子出生后 4 天便是牛年除夕，刚好可以出院回家。也是那天早上，我特意到麻村菜市买了一只野生水鱼，加入一只土鸡清炖，一种特别的野香飘荡了整个院子。因了这种特别的情结，一般每到重要的节日我都会到麻村菜市采办一些我喜欢的肉菜。不过往常都因道路拥挤，我大多选择乘搭公共汽车往来，所以并没有什么特别的感受。

从小区到麻村菜市，沿途要经过若干路口 6 个红绿灯，全长近 6 公里。小区马路对面就是大名鼎鼎的沃尔玛超市，附近还有埌东、埌西两个菜市，到麻村去买菜可谓是舍近求远。这一段路平时开车要走近半个小时，但是，这一天早上的情况却大大出乎我的意料，居然只花了10多分钟就到了。泊好车，环视略显空荡的街道，我才恍然大悟：今天是大年三十，车主们多半都回外地老家过年了，平时赶鸭帮似的挤在街道上的各型各色车辆也被他们开回去了。

这时候我才确切地意识到，作为广西壮族自治区首府的南宁市，像我这样的乡下人和有外地背景的居民已然成为大多数，只是以往我没有注意到而已。今天，这些人大多数都回外地过年了，所以往来的车辆少了，以往感觉很拥挤的道路变得宽阔了。在我的印象中，长达10余公里的民族大道曾经是南宁人引以为荣的大街，被誉为南宁的“长安街”。快车道设计宽度为双向六车道，部分路段为双向八车道，两侧都设有摩托车、自行车和行人专用道。20世纪80年代末，在我们的注视之下，民族大道从西边的邕江桥头一米一米地向东延伸。10年之后，一条笔直而宽阔的大道终于从市中心区通向连贯广西南北的桂海高速公路。看到如此便捷的交通，我们一家也将新家安到了民族大道东段，我甚至天真地以为，从此可以出入通畅了。然而，不到几年工夫，民族大道就由通畅变得拥堵不堪，司机们一提到民族大道便皱起了眉头。当有一天我们亲友聚餐多了一桌年轻的面孔时，我才又意识到，这些后一代的乡下人已经通过各种方式来到南宁，成为新一代的移民。和许多城市一样，南宁城市居民的迅速增加，其实就是乡下人或者外地人快速加入的结果。

我所认为的外地人或有外地背景的人，主要包括这样一些人：一是从南宁以外的广西12个市和近百个县区来的人；

二是从广西以外的各省、区、市和港澳台地区，甚至国外来的人。而这两大部分人员构成中，我所认为的乡下人，也就是广西各市县到南宁来工作和居住的人。从 20 世纪 50 年代初成为广西首府开始，南宁这个城市就注定要接纳比自己多几倍甚至几十倍的外来人口。毫无疑问，应首府庞杂的社会结构需求，除了一部分南下干部和少量大中专生在此落地生根，更多的工作人员也只能从广西各地调入。自然，和工作人员们随迁加入南宁户籍的人员也与日俱增。于是，在南宁的各机关单位里操各种口音的南腔北调，不同民族文化交融、共生并存的现象便成为一种别样的风景。更令人捧腹的是，这种由南腔北调组成的语言文化，竟然催生出一种极具南宁特点的普通话——“南普”。现在，一旦孩子离开家庭进入幼儿园或中小学，他们就会说一口比标准普通话高一个音调的“南普”，他们的老师即是那些同龄的孩子。

在很远的记忆中，曾经有一些幽默的南宁人把来南宁工作的乡下干部形容为蚂蚁搬家。因为他们从乡下调入南宁站稳脚跟后，便千方百计地将自己的同乡亲友弄进南宁。此种现象，被戏称为“大蚂蚁带小蚂蚁跟着来南宁揾食”。我原先工作的单位就是如此，由于单位的领导来自柳州，所以连副手都是清一色的柳州人，他们手下的工作人员就更不用说了。于是，柳州话便成了我们居住的小院子的通用语言，不只是家里说柳州话，就连上班开会也说，偶有一两个新调入的外乡人也很快被同化了。不知从何时起，乡下人进入南宁的方式已经发生了根本性变化。他们中相当一部分人是出来打工后融入城市的，而更多的人则是先考入南宁的学校然后留下来工作的。

乡下人的加入，使南宁变成了名副其实的首府都市。首先是文化呈现出更纷繁的样式，比如白话（近似粤语）已经不是唯一的语言，普通话成了官话。其次是生活方式变得更丰富多彩，狗肉、鱼生已经算不上唯一的美味佳肴，米粉也不只是老友粉好吃了。最后，由于地理位置的优势，南宁人更具有宽阔的胸怀，南宁逐渐演变为一个国际区域性的新都市。当然，任何事物都具有两面性，乡下人的加入也使城市的建设和发展更具有挑战性。当代城市对市民素质的要求更高了，城市发展和管理都需要管理者摒弃狭隘的眼光，建设和规划需要把目光放得更远。

不过，我还是要说，除了有点堵车，乡下人在南宁还是很快乐的。

2012年2月于南宁凤岭

这里的石头会唱歌

大化是一个年轻的县份，同时也是一个年轻的少数民族自治县，是由都安、马山、平果和巴马四县份各割出一块地合并而成的。她的基因不仅来自她地理上的母体，更是源自不同性格特性的山川河流，以及不同特质的土壤和石头。因而，这片神奇的土地也就产生了不同于周边县域的地貌、水流和不同质地的石材。于是，“游奇山、玩奇水、赏奇石”便成了大化叫得最响的旅游口号。三伏盛夏天，我们一行冒着难得一遇的凉雨走进了年轻而美丽的大化。

大化山

大化位于八桂大地的中部偏西地带，具有典型而年轻的喀斯特地质地貌。这里的山峰多为石山，山体不是很高，却外形各异，充满了个性。在地图上，我们能读到一些深受不同文化影响的山名，诸如巴映山、巴楼山、五指山、观音山、罗汉山、圣母山、莲花山、仙女山、马鞍山、孔雀山、骆驼山、乌龟山和月亮山等。

如果说，在县城周边及红河沿岸，你所见到的山峰是那种你眼熟的、随处可见的形体，那么，当你进入七百弄之后，你会明白这石头山为什么会令人称奇了。

从古镇都阳离开省道往右拐，不久便进入七百弄的边缘地区，一些形状不同于他处的山体像树林一样耸立在车窗之外，颇让人感到有些不适。虽说到过一些大山深谷，但进入七百弄的盘山公路后，给我的最初感觉是一阵恐惧和眩晕。这时，主人指着一处正在施工的山门和一条狭窄的沙石路说，从这里往山上攀爬就到莲花山了。莲花山，其实是大化一处近年新兴的佛教圣地。据说，进山烧香的香客不仅有附近方圆百里的信众，更有来自南宁和广东的朝拜者。山不在高，有佛则名。莲花山的佛虽然年轻，但因为朝拜者日益增多，有一天将成为名副其实的圣地。

从一个叫双福的小镇继续往右拐，迎头就是一壁长满茅草的山坡，呈扇状堵在我们面前。我正纳闷如何翻越此山时，汽车很快就拐上了一段盘山公路。公路如一条细长的盘龙，从山脚摇身而上，直抵云天。主人告诉我们，这便是七百弄有名的十里九曲盘山公路了。经过一段令人心悬的爬坡路段，当我们在山顶上停车回望时，呈现在我们眼前的竟是一幅经典的画面。

在七百弄，真正让我感到特别震撼的是登高观山。我们爬到一处陡峭的独峰顶上，极目远望，只见群山如林，重重叠叠，在阳光的斜射下，产生出一种强烈的立体视觉效果。云层的游动，更让人几疑是群山在起舞迎客。

有山必有弄，因为有千座峰万重山衬托和孕育，这里才得以呈现出与世不同的千洼百弄。其中，被称为“天下第一弄”的甘房弄便是一个奇景。

大化水

大化有水，而且是天水。

有人说，大化的水是从天上流下来的。这么说其实并不过分。相传，远古以前，天下闹大洪荒，壮族始祖布洛陀亲手劈山泄洪，造就了红河。如今，这条源于云南马雄山的红水，经过云贵高原数千里的游历来到大化，已经变成了两汪绿水，一汪是大化水库，另一汪则是岩滩水库。

一条红河、两汪绿水构成了大化水乡独特的景致：险峻的河床，湍急的流水；宽阔的湖面，伸向四周的湖汊；大小不一的船只，浮在水面的网箱；湖（河）畔悬浮于水上山间的白楼红瓦，两岸如诗似画的山峰翠竹。因为大化和岩滩水库的相继建成，使原本桀骜不羁的红河变得温顺而柔情，浊流恶水变成了清湖碧波，在清流两岸居住的人们也由世代耕地种田人变成了渔民。

一阵滂沱大雨之后，我们从大化水电站坝首登上游船，一路溯水而上，开始穿行在湖光山色之中。雨中的红河似一个温情而含羞的少女，尽显其变幻莫测的容颜，一会儿轻纱拂面，一会儿素脸迎宾。河畔几十里画廊，映衬在碧绿的水面之上。在缥缈如丝的雾中，山峰，岸竹，村落，飞瀑，小径，庄稼，时浓时淡，时近时远；时而婀娜多姿，时而温情脉脉。

雨中的红河，雨中的画廊，雨中的游人全都醉在这梦一般的湖景里。

有河，有水，有湖，还有雨，我们的大化行和水息息相关，因而，在红河游泳成了我的一种奢望。第二天，当我们乘船游完了岩滩库区，来到坝首下游，看着清澈的水流静静地从眼前流过时，我便有了一种对水从未有过的冲动。于是，我和其他四位文友便来到河边，一丝不挂地投进了红河的怀抱。

大化石

在大化，能与红河、七百弄和两座电站齐名的名词不是别的，是大化石。在去大化之前，我或多或少已经听到不少关于大化石的传闻和故事，而这次大化行更是让我大开眼界。

外地人要从南宁方向进入大化县城，首先要跨越一道水，这道水就是红河。经过亿万年的切割冲刷，红河已经变成一个名副其实的石槽，切入地表，深不可涉。到了县城，你会在店铺，在宾馆，在住户家，或在不同的地方看到各种形形色色的石头。同时，大化人也会迫不及待地告诉你，这些石头是从红河里捞上来的。于是，你立马会对眼前流过的红河产生一种羡慕和敬畏交织的情感。

以前，我只知道大化是由石头构成的，石头山，石头河，石头房子，还有石头路，并不知道大化还有一种可供玩赏的石头。不晓得从何年何月起，一种名叫大化石的石头开始吸引了玩家们的目光，于是，这里的河道便开始热闹起来。有了买家就自然有产家，采石，藏石，展石，卖石，一个由产至销的石头产业链悄然形成。

在这些可供玩赏的石头中，当推一种被称为大化彩玉石的石头最为名贵。一块上好的彩玉石，动辄开价几万几十万元，甚至几百万几千万元。确实是有人因为石头发了大财，买了车，盖了楼房，还有人建了奇石博物馆。

为此，有人把大化石称为"疯狂的石头"，也就不足为奇了。

2010 年冬于南宁

稻米飘香

金秋十月，我第一次来到拔哥（韦拔群）的故乡东兰。在这之前，我对东兰的一些物事已有所耳闻。当然，听得最多也最耳熟的，一个是拔哥，另一个便是黑稻，也即人们常说的东兰墨米。

在广西的诸多特产名录里，冠以县以上名称的稻米特产并不多见，东兰墨米便是其中的一种。说起东兰墨米，一些在外地工作的东兰人常常仰起大鼻孔，咬文嚼字地说："我们东兰那个米啊，关键在那个'墨'字上。"

我第一次接触到东兰墨米，是大学时一个东兰同窗带来的一种酒。他给我们每人的口盅里倒了半两，请我们品尝。

我仔细看一眼，看见酒的颜色呈淡红色。闻一闻，觉得有股清香扑鼻。忍不住一口倒进嘴里，慢慢咽下喉咙，立马有种五味杂陈的感觉：黏、甜、酸、烈、醇。这就是小有名气的东兰墨米酒。它不同于葡萄酒，也不同于别的糯米酒，更不同于甜酒。那一次品东兰墨米酒，我们一帮同学都赞不绝口。有同学甚至提出要那个同学帮买一些作为保健酒，不料那个同学竟仰起鼻孔一口回绝。他说这种米产量很低，这种酒产量更低，一亩田产不了多少米。我们都晓得，东兰是当年红七军的根据地，走出了不少老红军老领导，珍稀的东兰墨米酒自然也是这些老领导最惦念的饮品和补品了。

我后来吃到东兰墨米，时光已是21世纪初。有一次，因为久仰东兰墨米大名，也因好奇，于是从特产店里买了两小包回去品尝。不过，因为第一吃，不懂如何料理，还闹了笑话。家人以为是像正常煮食米饭那样，把墨米洗好加水放进电饭煲里煮熟就可以了。然而，当我把米饭舀到碗里吃进嘴里咀嚼时，却发现墨米饭只有八成熟，而且口感并不好。一家人勉强吃了一顿久仰的墨米饭，却换来了孩子的腹泻。后来我跟一位东兰朋友说起这次遭遇，他说可能是我买到了只脱了壳未脱掉米衣的墨糙米。他还告诉我，东兰墨米的祖宗其实是一种旱稻，没有像一般水稻那样得到彻底驯化，不会煮当然就不熟了。我听了才恍然大悟。

记得小时候有一年天大旱，春天都过了还没下过一场透雨，我们寨前的驮娘河几近断流，所有的稻田都裂开了口子。眼看水稻没法播种，心急火燎的父亲背着一袋鱼干就往金钟山方向走。两天后，父亲用鱼干换回了半袋子谷种，撒在山上林间的地里。时隔不久，我惊奇地看见，我们家的地里居然长出了青青的稻秧。父亲告诉我，这就是旱稻，高山上的苗寨没有水田，主要就是靠种植玉米和旱稻吃饭。后来，我又看见寨上人家的地里生长有各种各样的旱稻，有糯谷，有黑谷。除了旱稻，寨上的农家还种玉米、高粱、薏谷、稗子和小米。

那时候，我们家吃旱稻米也是很讲究的。因为家庭人口多，缺少粮食，父亲从不允许我们煮吃脱去米衣的米饭。因为进行脱衣处理过的米饭光滑可口，饭量会大大增加。为了使米饭口感不太好且能够充分膨胀，我们家往往提前一个晚上浸泡旱谷米，然后用水煮至半熟，再装入蒸笼蒸至熟透。

东兰墨米，其实就是从旱地移种到水田里的。据传，东兰人种墨米已经有约四百年的历史。当年，地处红水河畔的东兰人因为没有贡品贡奉官府，往往被官府冷落鄙视。后来有聪明人从山地里把旱黑糯谷移到水田种植，结果色调更黑更亮，吃起来更香，于是东兰黑糯米便得到了官府的青睐，更有官人挥毫赠赐“东兰墨米”题字。

和红水河流域其他地方一样，生活在红水河两岸的东兰人很早就知道如何驯化水稻了。流传千百年的布洛陀麽经就较为详尽地记叙了从原始社会开始，人类逐渐繁衍，然后人口增多，人们不得不开始造田造地和种植谷粮的情况。在还没有稻谷的时期，壮族始祖布洛陀先造好田地，再叫人们到山上、河溪边去寻找野生稻谷种子，拿到田里去撒播，施粪肥，使野生稻变成了栽培稻。布洛陀麽经唱道：

造田很顺利，／造地也完成；／没有种子播，／想来想去没办法，／只好坐在路上哭，／只好去路的尽头喊，／恰好遇上布洛陀，／恰好遇到姆洛甲，／布洛陀就问，／为什么到大路上哭？／为什么到路的尽头喊？／子民就回答：／我们造了田，／我们造了地，／没有种子播，／我们出生来天下，／什么也没有，／吃什么养命？／我们无奈就出来，／到大路上哭，／到路尽头喊。／布洛陀就答，／姆洛甲就说，／你们莫用哭，／无奈也不用喊，／你们去巡走山边，／你们去巡走坡岭，／有一种野生稻谷，／你们拿它来栽种，／分种四方田，／拿粪肥去秧田洒。／拿火灰去苗根壅，／到五月中旬，／你们就去田中间仔细看，／你们就到墙脚去仔细瞧，／禾苗根部得吸几个月火灰，／田里的秧苗就变成禾稻。

布洛陀麽经还描写了远古时候发生了一次大水灾，洪水滔天，淹没天下，只有郎老山、坡遨山、岩州眉三座山和郎汉家没有被淹，上面有稻种。

古时水淹天，／古时水泡云，／没有哪座山不被淹，／没有哪座山坳是干的，／只有郎老山，／只有坡遨山，／只有郎汉家，／还有岩州眉，／全部的谷菜都堆积到那个地方，／所有的动物都跑到那个地方。／淹得三个月，／淹了九十天，／水自退成潭，／水自退成河。

后来，是混沌、盘古和老君又造了天地，造了人，造了村，造了府县，还造了田地，但人没有米饭吃。

混沌懂造天，／老君懂造地。／天下有子民，／天下有百姓，／有人没有米，／吃茅草当早饭，／吃牛苹当晚饭，／吃山坡上的野草粗糙，／吃茅草也厌，／孩子吃了长不大，／孤儿吃了脸不白净，／姑娘吃了脸不红润，／土官的儿子吃了瘦死。……稻谷在坡遨山，／稻谷在郎汉家，／稻谷在岩州眉，／船去接不来，／竹筏去接不得，／叫村老来打算，／和地方的长老来合计，／有一位长老嘴巴伶俐地说，／给鸟飞去叮啄，／给老鼠去咬，／呼啦跨海去，／呼噜过江河。

令人啼笑皆非的是，王派老鼠和鸟到坡遨山和岩州眉去取了谷种后，各自吞吃下肚。见它们很久不回来，王越想越不对，便去问布洛陀和姆洛甲。布洛陀教他们做三个圈七十个套，拿去装在山口上。王遵照祖公布洛陀的教导去做，把鸟套装在窄的地方，装在田垌口，老鼠一回来就被捉了，鸟一回来就被抓了。王的儿子很机灵，用脚踏老鼠的上颚，用手撬开它的上颚，取出四粒稻谷，拿去培养种植，滋养天下的百姓。

拿去壅做种子，／拿去浸做种子，／申日拿去撒，／拿去撒在田垌中，／拿去旱地里种，／七月就抽穗，／吉时稻谷就结粒。

但稻谷长得很大，像柚子那么大，怎样也挑不起，为此夫妻俩相骂，婆媳俩相争，要用槌来槌，用舂杆来打，谷粒裂开岔。

拿去田垌中播，／拿去播田中，／一粒落在野外，／变成芭芒谷，／一粒落在园子里，／变成了牛谷，／一粒落在寨脚，／变成了玉米，／一粒落在墙脚，／变成了稗谷，／一粒在畲地，／变成了小米，／一粒落在田垌中，／变成了籼谷，／变成了黄牛肉谷，／变成大糯谷，／变成黑糯谷，／变成粳糯谷，／变成晚粳谷。／小粒变成籼谷，／大粒变成粳谷，／旱谷种坡顶，／黑糯谷种斜坡边。

壮族先民西瓯、骆越人不仅是种植水稻的先锋，还是制作各种劳动工具的高手。布洛陀麽经还叙述了布洛陀为了造田耕地，教人们用长石来犁田，用山石来犁地，但人拉犁一身疼痛，于是又造了黄牛、水牛，造了翘犁、九齿耙，用牛来耕田耕地。

造水牛在河边，／两角朝向后；／造黄牛在塘边，／两角朝向前。……／要红泥做肉，／要蜂窝做肚，／要青藤做肠子，／要鹅卵石做肝，／要苏木做血，／要龙眼果核做眼睛，／要树桠做肋骨，／要栈木做角，／要芦苇做尾巴。／造黄牛在泥塘边，／造水牛在山谷。／壅水牛在乎地，／王过七早去探，／王九早去瞧，／成四蹄挣扎，／成四腿弯曲。／十个拉不走，／九个拉不起。／去问祖公布洛陀，／去问姆渌甲。／布洛陀就讲，／姆渌甲就说，／拿青麻来搓成绳，／竹筒钻在前，／麻绳穿在后，／一人也能拉得动，／一人也能牵得走。……／前代人聪明，／有人会造犁，／有人会造耙，／会造翘口的犁头，／会造九齿耙。／要牛去开塘，／王就得吃鱼；/要牛去犁田，/王得吃稻米饭；/要去迎娶媳妇，/就种田种地。/在上方的田播秧，/下方作大田。/要糯谷去播，/要粳谷去撒。/四月拿去种，/九月收回家，/十月谷进仓。/小伙吃了脸就白，/姑娘吃了脸红润。

历史上普遍认为，居住在红水河、左右江、柳江流域的壮族先民，是世界上最早驯化种植水稻的民族之一。稻作文化和稻作文明早就深入骨髓，流淌在当地人的血液里。石斧、石锛、石杵、稻谷、田块、水车、水渠、水坝、龙骨车、犁、耙、水牛、箩筐、谷斗、谷囤、风车、蓑衣……这些源自远古的工具和实体，至今在东兰仍然随处可见，它们凝聚了红水河两岸各族人民的智慧，是稻作文化的证据。

在我们广西，稻作文化亦称那文化。“那”，壮语为田之意，有的地方也叫作“纳”，“那”即是稻田。壮乡有大量的地名都冠“那”“纳”“板”“峒”等，这些词在壮语中都和田相关。那文化其实就是田文化，也就是一种稻作文化。而在我的桂西北老家，稻作文化的概念呈多种多样性。

那文化是壮族文明最为绚烂的一部分。毫无疑问，壮族人可能是最早食用稻米的民族之一。

2017 年冬于南宁

古道通天

环江有古道，这我还是到了环江才听说的。

一个春天的早晨，我们沿着环江至贵州荔波的二级公路往西北方向走。大约一个小时后，我们来到距离环江县城 55 公里的川山镇社村旧屯，在一处叫古宾河的在建景区稍作停留，便马不停蹄地乘车去看古道。

在此之前，我总是对各种各样的古道怀有深深的好奇和景仰。因为，自从有了人类，随着人们的交往，道路便应运而生了。正如鲁迅所说，“地上本没有路，走的人多了，也便成了路”。

据我了解，早在西汉时期，中国开辟了通往中亚和西方的商道，名曰“丝绸之路”。公元前138年—前115年，汉武帝派张骞出使西域，是以长安（今西安）为起点，经甘肃、新疆，到达中亚、南亚和西亚，并逐渐连接地中海各国的陆上通道。1877年，德国地理学家李希霍芬在其所著的《中国》一书中，首次把“从公元前114年至公元127年间，中国与中亚、中国与印度间，以丝绸贸易为媒介的这条西域通道”命名为“丝绸之路”。与此同时，另一条始于秦汉时期，发展于三国至隋朝时期，繁荣于唐宋时期，稳固于明清时期的海上航线也已经形成。这便是古代中国与外国交通贸易和文化交往的海上通道——海上丝绸之路。毫无疑问，这两条通道是世界历史上迄今为止名气最大、影响最深远的古道之一。

在遥远的南美洲，随着南美印加古道列入世界遗产名录，这条长约3万公里的古道也是闻名遐迩。印加古道途经秘鲁、哥伦比亚、厄瓜多尔、智利、阿根廷和玻利维亚6个南美国家。这条古道是印加帝国在1438—1532年间沿着安第斯山脉修建的山路，是当时统治者传达政令，印加人生产、生活和进行贸易的交通动脉。

在古代中国，各种古道名目繁多，如古驿道、古商道、茶马古道、古运河、古船道、古林道、古驼道、古马路等。古代的官道主要有唐蕃古道、湖广驿道、南阳—襄阳驿道、青蒿驿道、梅关古驿道等。用于商贸往来的著名古道，主要有商於古道、茶马古道、徽杭古道、盘山秀岭古道、夏特古道、羊肠古道和京西古道。

广西道路交通历史悠久。早在先秦时期，生活在广西地区的西瓯、骆越等部族，便与岭南其他地区和中原地区往来，逐步修建了广西通往外地的道路。秦汉两代，随着灵渠和岭南新道、交趾（今越南）道的凿通，广西水陆道路北达中原，南通交趾，东至南海（今广东），西北抵夜郎（今贵州）、滇国（今云南）。

桂黔古道是古代广西路网的一部分。它始建于汉代，拓宽于唐代，完善于南宋时期。明清时期的桂黔古道多达数条。因红水河的隔阻，当年从广西进入云、贵、川的古道主要有南丹、环江、三江、西林和田林等地。而目前保护得比较完好、名气也最大的唯有环江古道了。

据考证，环江古道从广西环江川山镇社村的洞平关起，至贵州荔波洞塘乡板寨村的黎明关止。全长 24 公里。全程共设 9 道关隘，用于护路和收费。古道全部用青石板铺砌而成，路面平均宽度约为 1 米。虽然历经岁月侵蚀，见证千年沧桑，至今依然保存完好，石板路面还光滑铮亮。环江古道是桂黔古道、黔滇古道和黔川古道的一部分。自从它修通的那一天起，便成为贯通云、贵、川与桂、粤的交通要道，是官员巡视任离、运兵走卒和商队马帮必经之路。

悠悠千年，石山做证。这条被誉为“南方的丝绸之路”的古道，几经修筑，几度风雨，至今仍然记录着当年的许多奇闻轶事。据史载，从西汉至唐宋，四川盛产的蜀锦就是由这条古道南下交趾、合浦、广州而远销国外的。清末民初，南洋华侨巨商胡文虎、胡文豹兄弟，从川、滇、黔采购了药材和山货，从这条古道下南洋，又将盐、油、糖等百货通过古道运销云、贵、川。1930 年，中国工农红军第七军第二纵队穿越古道挺进荔波县洞塘乡板寨村，成为首支由桂入黔的中国工农红军部队。1944 年 11 月 26 日，爱国军民在黎明关阻击犯黔的日本侵略军，打响贵州抗日第一枪。1950 年春，中国人民解放军 138 团在古道上清剿残匪……

由于时间的原因，我们此行只能到达第一道关卡洞平关。这是一个拱圆形的关口，两旁的关墙依旧巍然屹立。用片石垒砌的石墙上，攀附着一些不知名的古树野藤。有的树根将石头缠绕，形成了树抱石。有的树根则深入到石墙、石缝之中，形成了石穿树。石墙、古树、野藤相互依附，互为风景，融成一体，这就是典型的环江木论自然保护区独特的喀斯特石上森林景观。

天上不时飘洒着细雨，古道上的青石板被如丝似针般的烟雨打湿了，走在路上，每迈一步都感受到步履的沉重。不觉中我们又回到了桑田之中，道路两旁绿油油的桑田是当地村民种植的宝贝。自古至今，古宾河沿岸的村民，依山傍水，种桑养蚕，丰衣足食。他们依托古道，用灵巧之手，破茧抽丝，织成丝绸，销往远方。

由于古道周边保护区植被的保水作用，在临近古宾河岸的平地上，林中的暗流泉眼露出地表，潺潺流水变成了迷宫般的水网。有村民就地凿岩修渠，将水引入池中养鱼。清流之中，锦鲤、乌鲩缓缓游动，似是在向我们问候致意。

此时，站在古道出口，天地豁然开朗。回望群峰，吸尽天云处，满眼苍翠，雨中的原始森林焕发出一种令人窒息之美。一座座水墨画般的山峰，一面面云烟缭绕的峰林，天地氤氲，气势磅礴，让人觉得是到了仙境。正如古诗所云："可望黔南三万岭，还钟桂北八千峰。"

一条古道，仅有石板路是不够的。环江桂黔古道之所以让人难以忘怀，是因为它有森林鸟语，有关隘遗址，有脚印蹄窝，还有经传不息的故事。

古道的意义，在于它能够激发人们的诗情文思。古道也一直是诗人们挥洒才情之地，古书中便有“古道繁织、逶迤远上”，“古道纷绕”等名句。唐代诗人李端有“古道黄花落，平芜赤烧生”的名句；诗仙李白更有“乐游原上清秋节，咸阳古道音尘绝”的绝句。古道还是人们消解思乡愁绪之地。若是轻装便束，行走在古道上，你便会沐浴在春风之中，脚踏青石之上，尽情呼吸大自然的气息，享受通贯于古道的民风，品尝路旁的桑葚野果，仿佛置身于“风檐展书读，古道照颜色”的意境。

此情此景，令人不禁想起“元曲四大家”之一马致远的《天净沙·秋思》：“枯藤老树昏鸦，小桥流水人家，古道西风瘦马。夕阳西下，断肠人在天涯。”令人感伤。

古道，西风，瘦马，难道不正是环江古道给人们留下的一种烙印么！抑或是一种精神，一个眼神。

2017 年夏于南宁

红河谷

我仅去过合山两次，而且都是近两年才去的。在我们广西，合山可是大名鼎鼎。

合山位于桂中红水河冲积平原北岸，其实并不算得遥远，从首府南宁出发也不过3个来小时车程。然而，这样一个名声如此大的地方，我却去得如此之少，这其中肯定是有原因的。

许多人都晓得，合山以煤矿闻名，是广西为数不多的产煤地之一。而在我的印象中，这个地方除了煤矿，就只有一条红水河了。一条红水，源自云贵高原，千回百转，到了合山便已经是下游了。

说起合山的历史，不得不说另一个名字，那就是迁江。翻开《合山市志》，我终于知晓合山的来龙去脉。从宋天禧四年（公元 1020 年）始，合山为宾州安城郡迁江县属地，此后至明、清一直不变。明朝嘉靖年间，王守仁率兵至广西平乱，曾有一段关于迁江的文字，曰："迁江八所，皆土官世职，旧有狼兵数千分置八寨。今虽衰耗，尚有四千余众……"民国时期，合山随迁江隶属的改变而改变。迁江曾经隶属武鸣府、柳江道、宾阳民团区、南宁民团区、南宁行政监督区、柳州行政监督区、第十一区。1950 年起先后隶属武鸣专区、南宁专区、宾阳专区、上林县、来宾县等。由此可见，合山这个地方和周边的关系是多么错综复杂，文化上的包容性和适应性也不是一般的强。然而世事难料，多年以后，曾经在地图上存在近千年的迁江县早已沉入史海，而当年作为迁江属地的合山却跃升为市。

合山的兴衰，与当时中国发生的一系列重大事件有关。1931 年，"九一八"事发，接着东北三省沦陷。1937 年，"卢沟桥事变"爆发，顿时平津危急，华北危急，中华民族危急。在全国人民奋起全面抗战的背景下，煤炭资源一时成了紧缺物资。地处南国边陲的广西更是迫切需要燃料自给。但是煤矿新开矿井和修筑铁路资金严重不足。桂系李宗仁不得不求助于当时的国民政府。时任中国银行董事长宋子文一拍板，合山煤矿一夜间"乌鸡变凤凰"，改由广西省政府和中国银行合资接办，成立了合山煤矿股份有限公司。有了充足的资金，合山煤矿就像插上了腾飞的翅膀，不仅修通了通往来宾的铁路，还迅速把原来的矿场从 1 个发展到了 5 个，鼎盛时期月均产煤达 8000 吨，1943 年产煤达 9.4 万吨。由此，合山煤矿被誉为西南第二大煤矿，跃居湘、粤、黔、桂之首。

因着广西第一座煤矿，广西第一条铁路，合山一时成为广西乃至中国南方的一块热土，合山也因为煤炭而让世人注目。然而，正如《老子》所说："祸兮，福之所倚；福兮，祸之所伏。"合山煤矿的崛起在给抗战大后方源源不断地输送能源时，也让日本侵略者对之垂涎。

稍为了解广西抗战历史的人都晓得，由于广西战略地位重要，因此抗战期间，日本侵略军曾两度大规模入侵广西。

1939 年 1 月 2 日，日军登陆北部湾上的涠洲岛。从此，涠洲岛成为日本侵略军海军部队第十八基地，日军在岛上修筑机场、公路、码头、营房和工事。日军倚仗涠洲岛，开始对华南和大西南抗日战略要地进行狂轰滥炸。在取得空中优势的同时，日军决定攻占南方重镇南宁，控制从广西通往越南的国际交通线。1939 年年末，日军第二十一军及海军第五舰队和海军第三联合舰空队，总兵力达 4 万余人，来势汹汹。日军于 11 月 15 日凌晨在钦州湾的企沙、龙门港登陆之后，便拉开了首度侵桂的序幕。继而，日军占领了北部湾沿海的防城、钦州、合浦、灵山，11 月 24 日攻陷南宁。

然而，日军进犯广西立足未稳，即遭到广西军民的当头一棒。在围绕南宁（邕宁）的争夺战中，中日军队进行了殊死的拼杀。这次战役史称"桂南会战"。在南宁东北 50 公里的昆仑关，在白崇禧、李宗仁和杜聿明的直接指挥下，以桂系为主力，和国民革命军第五军协同作战，血战 20 余日，取得了中国军队继平型关大捷、台儿庄大捷之后的又一次重大胜利。此役，共歼敌5000余人，全歼日军精锐二十一旅团，其中包括少将旅团长中村正雄。

在昆仑关以北不足百里的迁江（合山），桂系白崇禧的战前指挥部就设在这里。在昆仑关大战的最后关头的1940年1月10日，蒋介石还亲临迁江督战。至1940年11月14日，首次入侵广西的日军全部撤出桂境。这一次入侵，日军盘踞桂南达一年之久，与广西军民爆发大小战斗多达589次。

1944年春，日军发动了豫湘桂战役，试图打通一条从中国东北直通越南的陆上交通线，以援救其入侵南洋的孤军，同时摧毁沿线美军在豫湘桂的空军基地，挽救其在太平洋战场上的颓势。侵桂日军由中国派遣军第六方面军司令官冈村宁次指挥，总兵力达14万人。1944年9月，日军分别从湖南和广东两侧向广西进攻。由于此时抗战形势发生了重大变化，国民党军队一边重兵围堵共产党抗日根据地，一边消极抗日，第二次入桂的日军沿西江和湘桂公路线一路势如破竹。12月10日，日军沿邕（宁）龙（州）公路南下与从越南北上的部队在扶绥会合。至此，日军如愿打通了从中国到越南的交通线。

此时的合山，正处在湘桂公路线的关键节点上，由于盛产煤炭，更是成了日本侵略军铁蹄重点踩踏的目标。1944年11月13日，日军侵占整个合山矿区。迁江（合山）沦陷后，当地人民随即展开了一场艰苦卓绝的抗日斗争。

据1946年陈应行所主编的《迁江县抗战实录》描述，迁江人民在7个月的抗战中，与敌“先后三百余战，毙敌伤敌逾数千，俘获装备一批，辉煌战果，皆我全民一致努力之果实。其间有沦敌不屈，从容就义，与夫英勇成仁之事，书之可惊天地而泣鬼神”。其中，“迁江县抗敌战利品统计表”的数字最令人振奋。据统计，共俘日军官兵 3 名，俘获伪军 35 名，击毙敌人 530 名，击伤 567 名，缴获战马 52 匹、山炮 1 门、轻机枪 16 挺、步枪 325 支、掷弹筒 2 门、水雷 2 个、山炮弹 180 枚、手榴弹 147 枚、步枪弹 2505 发、指挥刀 15 把、钢盔 349 个……较大规模的战斗有敢豪岩之战、金贵弄之战、峦山之役、大年村之战（先后两次）、三箭塘之战、凤凰弄之战等。另一组数字则更是让人敬佩。从 1937 年到 1944 年，迁江县共向前线输送兵员 8835 名，征用民工 404432 人次。以当时全县 22492 户计，其中 8700 多户（约占 39%）有人当兵参战，平均 2.6 户即有 1 户抗战军属。

在迁江的战斗中，涌现了众多的抗日英雄。其中，尤以蓝耀康和戚有德最为突出。

良塘乡合隆村人蓝耀康，早年曾经入伍并担任桂系名将刘震寰的卫士。他为人刚毅，懂军事，有胆识。1945 年 2 月上旬，1000 多名群众躲藏在良塘乡合隆村附近峦山的岩洞中，凭借山洞易守难攻的地势、洞中充足的水源与日军周旋。敌人多次搜山围剿诱降，但 42 岁的蓝耀康率领自卫队进行顽强抵抗，连战皆捷。有一次，日军玉川炮队搜索队下乡扫荡途经峦山，被占据有利地形的自卫队袭击。面对这块难啃的骨头，良塘驻军指挥官玉川试图用书信劝诱蓝耀康投降，但遭到严词拒绝。2 月 10 日，恼羞成怒的玉川命令兵员 100 多人，配以 2 门炮前来攻打峦山岩。蓝耀康安排自卫队只用 1 挺机枪把守洞口，其余队员分散埋伏于山上乱石间，伺机杀敌。日军认为抵抗的自卫队都是些乌合之众，先轰击山腰10多发炮弹后，再命步兵向洞口进攻。不料，当敌兵呼叫着刚冲到山脚时，山上忽然嗖嗖地飞出10多枚手榴弹，在敌阵中爆炸。顿时敌军血肉横飞，一阵鬼哭狼嚎。蓝耀康指挥大家乘势猛冲下山，缴获轻机枪1挺，致敌死伤20多人。敌人一时吃了大亏，赶忙隐退进入树林中，仓促朝峦山岩猛发一阵炮弹，但自卫队早已退入岩洞中安全隐蔽。

次日，敌人又集结兵力100多人，携3门炮再次前来攻打峦山岩。一开始敌人就在千米之外用炮猛轰岩口，但蓝耀康布置少数队员死守洞口，多数队员埋伏于山腰及侧面的白莲山上，形成相互呼应之势。眼看久攻不下，气急败坏的日军调来毒气弹进行攻击，所幸洞口比较小，而且洞势下斜，毒气无法侵入洞中。正当日军黔驴技穷之时，埋伏于山腰的蓝耀康振臂一呼，顿时一阵杀声响起，敏捷的自卫队队员如猛虎下山，直扑敌人炮兵阵地，掠获敌炮1门。敌人机枪队见状，匆忙赶来支援，自卫队却已退入山林中隐蔽。双方僵持至下午，敌人只好悻悻而退。

第三天，敌人又增加30多人兵力，带炮3门，加上战车1辆前来攻打峦山岩。这次，吃过两次亏的日军改变了策略，先是用战车冲至洞口施放毒气，其余兵员进行掩护。虽然自卫队击毙了一名施放毒气的敌人，但自卫队缺乏防毒设备，只好全部退入岩洞深处，用湿棉被封闭岩口。蓝耀康担心对峙下去会中毒吃亏，决定当夜组织群众从岩洞后边其他洞口撤出疏散。峦山战斗历时3日，毙敌30多人，伤数十人。而蓝耀康率领的自卫队共缴获机枪2挺、六五式步枪8支、马4匹，战绩显赫。此战，自卫队牺牲2人、伤1人，其中牺牲者之一为蓝耀康的亲弟弟，因趋前欲夺敌人机枪而壮烈牺牲。

沦陷期间，蓝耀康靠自己的勇敢和人格魅力擎起大旗，组织抗日队伍。他要求队员纪律严明，束身自爱，抗日自卫队迅速发展到数百人。他们经常活动于良塘、莲洞、北泗、河里、榜印等7个乡之间，先后与敌作战45次，歼敌271人，伤者成倍。共缴获机枪4挺、六五式步枪11支、电话机1部、马14匹，其他军用品不可计数。而自卫队也有22人壮烈牺牲。蓝耀康和他带领的自卫队，只是迁江乃至广西抗战的一个缩影。

另一个要说的人叫戚有德。此人是迁江县城居民，少孤家贫，沉默寡言，却行侠好义，胆识过人，崇尚英雄豪杰。城乡沦陷后，目睹敌人的累累暴行，他义愤填膺。因而他悄悄召集好友朱庆德、魏子清、钟毓杰三人，一起杀鸡饮血，发誓要杀敌保卫家乡，让驻扎在县城的敌人不得安宁。一次，戚有德看见城内街边一个熟食店内有日军就餐，于是只身向日军投掷了一枚手榴弹，当场炸死敌军官山田畿。此后，敌人对戚有德闻风丧胆，视他为眼中钉。而戚有德和他的好友们并不就此罢手，他们多次智杀袭敌计有几十名之多。当地人说，敌人怕他就像害怕老虎一样，往往听到他的名字就吓得脸色都变了。

1945年2月16日，戚有德和三位好友潜回县城，谋划炸掉敌人的特务机关和警备司令部。不料，先前留在城里侦察敌情的谢忠廷突然变节投敌，将戚有德的藏身地点和计划密报给了敌人，导致猝不及防的戚有德不幸被俘，朱、魏、钟三人则侥幸逃脱。在敌人的酷刑拷打之下，戚有德被打得皮开肉绽，体无完肤，但他宁死不屈。面对敌人的严酷拷问，他鄙视地说：“只不过死罢了，问那么多干吗？”面对无惧死亡的英雄，敌人无计可施，只得将其处死。就义前，戚有德高昂头颅，大声朗读杜甫的诗句：“出师未捷身先死，长使英雄泪满襟。”他的英勇气概，让在场围观的民众不禁潸然泪下。

迁江的抗战就是合山的抗战。红水河之滨，关于迁江的抗日故事，关于合山的抗战故事，将永载史册。

2018 年夏于南宁

注：本文史料主要参考《来宾史话》（广西科学技术出版社 2002 年 12 月出版）、《合山市志》（广西人民出版社 1998 年 12 月出版）。

邕宁的距离

作为居住在南宁市民族大道东段，埌东之东凤岭一带的一个居民，我的生活可以说与“邕宁”这两个字息息相关。每天从我跟前驶过的 87 路、704 路、90 路、42 路和 43 路等众多公共汽车，穿梭在市中心与邕宁的某个地方，从清晨忙到深夜。

作为距离南宁市区最近的一个郊区，邕宁居住着我众多的亲朋好友。周末或节假日，我都免不了要到那边去探望拜访，或茶或酒，喝上几杯，否则都不能算是过得了关的。此外，我作为一个垂钓爱好者，时不时还会蹲守在邕江边，面朝邕江，眺望雄伟的三岸大桥和南岸的高楼大厦，心里装的都是满满的鱼获和近在咫尺的邕宁。

邕宁，曾经是与我毫不相干的。最初知晓这个名字，是在老家西林县工作的时候，县直机关里有好些个邕宁籍的干部。他们离开家乡去到遥远的西林，多数是因为参加剿匪工作队而去的。土匪剿灭了，他们却都要留下来，继续帮助西林人民搞建设，一些人后来干脆就不回邕宁了。在我眼里，来到西林的邕宁人都是真正的英雄。后来，我又从作家黄钲的小说里读到了邕宁，读到了八尺江。再后来，我来到了首府工作，成为一名邕城人。更让我意外的是，我居然和邕宁籍作家黄钲夫妇同在一个杂志社工作，成了朝夕相处的同事。从他的描述中，我才知道我所工作的城市南宁，我所居住的星湖路北二里 8 号，距离传说中的邕宁已然很近了，其实就像是被邕宁和武鸣两个郊县包扎起来的一只饺子。由于黄钲的关系，我便听到了更多有关邕宁这个地方的传说。从街上的牌匾到图书馆里的史籍，关于南宁，关于邕宁，关于邕州，一切的一切都让我对这个神秘地域产生了浓厚的兴趣。

虽说生活的街区距离邕宁很近，关于邕宁的信息也把头脑都几近填塞满了，然而，对于一个已经成为邕宁邻居 30 年的人来说，其实我真正到邕宁蒲庙镇的次数却屈指可数。往常对邕宁的印象，除一些传说以外，就是百里邕江、大王滩、大沙田、仙葫、伶俐、三塘和五合等，可以说还是窥豹一斑。

就地理上的意义而言，邕宁给我的印象总是有那么一点灯下黑。什么叫灯下黑？就是指照明时由于被灯具自身遮挡，在灯下产生了一个阴暗的区域。古时候人们照明多用碗、碟、盏等器皿，注入动植物油料，点燃灯芯。后来尽管人们换上了蜡烛和煤油灯，但由于有蜡烛座和油灯座，灯光还是照不到自己的下方，所以就叫灯下黑。或许这样形容邕宁并不是很恰当，但就我个人来说，去邕宁远比不上去都安、天峨，甚至凌云、乐业多，这些地方比邕宁显得亲近得多。因为，对于一个文学爱好者来说，邕宁的一些文友多半住到南宁来了，还驻留在本土的文友并没有担负起联络人的职责，所以去得少那也是必然的。不过，就算是去得少也改变不了邕宁是我们最近的邻居这个事实。远亲不如近邻，这是老祖宗说的。

百闻不如一见。2018 年的盛夏，我终于有了一次走进邕宁腹地的机会。

来到邕宁，当地人并没有把自己当作乡下人，或者是没有把自己当成非南宁人，这一点颇让我感到意外。当然，除了一路的桂 A 车牌，只要你回头一望，若隐若现的高楼影子或多或少会影响你的判断，这里不就是南宁的一隅吗？于是，邕宁人便有了这种自信，有了这种认知，也有了这种底气。

当翻开邕宁历史时，你会惊异地发现，原来答案已经非常明白：邕宁其实是和南宁密不可分的。据记载，早在公元 318 年，南宁就开始设治，古称“邕州”。唐代时改南晋州置，治宣化，后来又改为宣化县、邕宁县。元朝时为邕州路，1324 年改邕州路为南宁路（相当于府），南宁之名才由此开始。明清时有南宁府，但到了民国时废掉了府，以府治为邕宁县，解放后才分设南宁市和邕宁县。从这段文字记叙中我终于顿悟，现在的南宁和邕宁，一直是你中有我、我中有你的。从逻辑上看，邕宁和南宁的关系和边界并不明晰。至今仍然伫立在南宁市江北大道明德街55号的邕宁电报局旧址，便是一个钢铁一般的佐证。因此，从地理的意义上说，邕宁和南宁是没有距离的。

当乘车在褐红色的丘陵中穿行，在各种以“那”命名的村落驻足时，你会深深地感受到这里浓郁的壮族文化气息。干净整洁的乡道，路旁连绵不绝的绿树蔗林，静默如毯的稻田，明镜般的库塘，村庄里挂满红色果实的荔枝老树，散发出一阵阵清香的龙眼，翠绿的蕉林，掩映在绿荫中的壮家民居……这一切，构成了邕宁乡村独特而鲜明的景致。

从南宁出发两个余小时后，我们来到邕宁区那楼镇的那良村。雷婆岭下，纯朴的村民身穿盛装，吹着唢呐，舞着狮子，唱着采茶戏，隆重迎接我们。登上海拔209米的雷婆岭，能看见四周10余里的村落与田野，纵横阡陌，风吹稻浪，别有一番情调。

主人把我们带到雷婆岭山顶，除了向我们展现当地独具特色的壮族民间文化，主要是让我们目睹一个隐藏在雷婆岭的秘密——雷婆岭摩崖石刻。老实说，这座被古树遮蔽的摩崖石刻，颠覆了我以往对邕宁历史文化的印象。在此之前，你无论如何也想象不到，在这样一处其貌不扬的山丘上，会有一处近百米长的大裂缝，其上会有如此古老如此多的石刻。大裂缝两侧鬼斧神工般削琢出数面砂质石壁，一些年代久远的文字被人工雕刻在大小不一的崖壁之上。而在石刻四周，生长着铁灵、古榕、樟木等大树，遮天蔽日，营造出一个静谧而神圣且极具宗教色彩的世界。

据主人介绍，每年的端午节，雷婆岭上会聚集成千上万的信众，进行抢花炮和各种有关道教礼事的活动，活动完成以后，便在摩崖上刻石留念。久而久之，便形成了集赞颂风景风貌及宣扬道教内容的摩崖石刻。可以说，雷婆岭摩崖石刻是壮族民间艺术的一大瑰宝。

如果说，雷婆岭上的摩崖石刻给了我这个外来人最初的震撼，那么，位于蒲庙镇新新村九碗坡的顶蛳山贝丘遗址的发现，更是让我感受到了什么是孤陋寡闻。这个属于新石器时代的古遗址，距离蒲庙镇西南不过3公里，其东面为清水泉下游，西北有邕江支流八尺江。整个遗址呈西南—东北走向，东西长约100米，南北宽约60米，面积4800平方米。站在此处朝四周眺望，碧水清流，岸树葱郁。可以想见，大约1万年前，居住在这里的壮人祖先，靠水而居，捕鱼捞螺，日子是过得多么的惬意而自在。

除此之外，邕宁的重要文化景点还有蒲庙镇津蒲路63号的五圣宫。这个始建于清乾隆八年（公元1743年）的寺庙，因同时供奉北帝、天后、龙母、伏波、三界五位民间圣神而得名。集东南西北中、左右内外五神于一庙，这在道教史上实属罕见，充分体现了当地古代民众超高的包容共存精神和宽厚的胸怀。

邕宁的名字与一条大河密不可分，这就是邕江。一般认为，邕江上起江西镇宋村的左、右江汇合点，下止于邕宁区与横县交界的六景镇道庄村，全长133.8公里。“邕江”一名始于唐代，早在元代就有诗人赋诗描述，曰：“左江南下一千里／中有交州堕鸢水／右江西绕特磨来／鳄鱼夜吼声如雷／两江合流抱邕管／莫冬气候三春暖……”邕江的“邕”，通“雍”，“邕”是会意字，意为四方被水环绕的都邑。因了这一条邕江，南宁市也就有了自己的别称：邕。

邕江河段水势平缓，水量充沛，具有较好的航运条件。自古以来，邕江和上游的左右江一直是南方重要的商运航道。来自下游的船只自如来往于广东与桂南、桂西之间，而从左右江一带下来的特产则顺流运抵梧州，或溯桂江而上，经过秦始皇开辟的运河灵渠驶往中原，或沿西江而下，远达粤港澳，进入南海。

邕江的际遇命运与时代相关。随着2005年邕宁撤县设区，邕江的综合整治和开发利用工程已成为南宁市的重头项目。建设“百里秀美邕江”，一条连接老口航运枢纽与邕宁水利枢纽之间市区段74公里河道景观带正在建设，一幅美丽的邕江滨水长廊画卷正在缓缓铺开。邕宁和南宁，因为有了邕江作为纽带，已经没有了边界，已经没有了距离。

2018年夏于南宁凤岭

圣堂山历险记

上

我打算花半天的时间来写这篇东西。之前，我试图动员孩子以他的视角来写一篇有关我们一家这次到圣堂山自驾旅的日记或者记叙文之类的文章，但他死活不干。读小学四年级的孩子声称他没有时间写这种东西，还声称日后长大了也不会像我一样从文，他要做 IT（信息技术）从业者，最好戴一副高度近视眼镜，那样才有风度。

那么这篇东西只好由我亲自操刀了。它可能没有什么文采，甚至叙述上还有些混乱琐碎。它可能不代表我的水准，但却代表我的切身感受。

早在一个月以前我就策划要去一趟圣堂山了。最早知道圣堂山是从一位朋友的一篇散文里，那个散文高手写了那篇东西之后便改行当了文化工程项目策划，据说已经发达了。后来我又在电视台的一个专题中看到了圣堂山，奇峰怪石，古树参天，高山流水，杜鹃姹紫嫣红。而且，圣堂山位于金秀瑶族自治县大瑶山深处，民风古朴，风俗神秘。已故学者费孝通先生早年对金秀大瑶山情有独钟，在那里留下了许多感人的故事。这些，对于像我这样没去过金秀的人来说，那里，尤其是圣堂山，确实是令人神往的。

五一一大早，我们一家老少五口终于动身从南宁开始了往圣堂山的行程。顺便交代一下，我们这个家庭旅行团队由两老两中一少组成，老的已年逾七十，小的才十来岁。我们曾经结伴到湖南、贵州、云南、海南和广西区内多个地方进行自驾旅游。司机当然是我一个人了，原来开的车是夏利2000，去年5月升级换了辆小帕（帕萨特），车子不仅比夏利宽敞，动力也相当强劲，一般路况不会碍事。

我们开车沿桂海高速至鹿寨出口，经寨沙、头排、桐木二级路上金秀，路边不时摆有鲜黄诱人的枇杷。沿线风光不错，越近金秀风景越美。我们到达二级路往圣堂山的路口时是上午十一点一刻，一看路牌标明“圣堂山 38 km”，便一致决定赶到那里吃午饭。按照事先咨询，这条由金秀县城往圣堂山的公路是一条通往平南、桂平的县道，我判断至少是一条沙石公路。然而，当我们驶入这条路时才觉得与判断大相径庭。这路已经年久失修，不仅路窄坡陡弯急，而且坑坑洼洼，速度不到 20 公里 / 时。开始时车子摇摇晃晃，大家还当乐趣，可走不了几公里，孩子就开始抗议了。

孩子的感觉是对的，如果这个时候我掉转车头，那该是多么英明的决定。但是我们不想回头，总以为不过区区 30 多公里，摇个把小时也就到了。不曾料到，这一走就越走越远，路况也越来越糟糕。我们行至一个叫长洞的地方，时间已是一点左右，看见有几辆车停在一家小饭店前，便决定先在此吃午饭填饱肚子。进入小饭店，竟遇上了一个熟人，区宣的某副部长，他们也是往圣堂山去的，只不过他们是从柳州过来。等上菜的工夫，我向隔壁移动公司铺面的职员打听，才知道我们花了一个多小时只走了 22 公里，才走了一大半。这个情况多少让我有些沮丧。但为了稳定军心，我没有把实情向大家通报。我心想，反正已经走大半路了，而且还有几部车同行呢，不能就这么退了。

买单时菜贵得有些离谱。做独家生意的女老板说："你们是去圣堂山吧，现在去只能在那里过夜了。"这话多少让我感到，去圣堂山的路虽然难走，但还是能去的。某副部长的越野车先走了。我跟在一辆飞度和一辆长安铃木后边，觉得他们的车底盘低，动力还不及我的小帕，上山应该不成问题。

紧赶慢赶，到山脚时大约是三点半钟。顺路牌指示过了桥便开始爬山，因正在修路，路面很不好走，蜗牛一样爬了两三公里，终于抵达了公园门口。在即将到达大门时，老天开始淅淅沥沥地下起了雨。到门口停车时，旁边也还有车正在等候买票。雨太大，我们只好等到雨点稍稀了才下车买门票。门票不便宜，50 元一人。按照以往的经验，我们一般是买三张全票，两位老人出示老人证后便可享受免费或优惠。但这种优惠政策在圣堂山却行不通，我们费了很多口舌人家就是不行。年纪最大的外公不得已也冒雨下车，掏出身份证跟卖票的中年男子论理。最后，对方勉强答应给老人优惠，但是要求待在车里的外婆也下车让他验证。我说："雨还太大，老人下车不方便，你要是不相信就派人去查验。"

男子嘟哝说："这里是个人投资，个个都优惠哪里行？"不过他最终还是做了小让步，两个老人免费一人，另一人全票。眼看雨还未停，又耗费时间，我们也不再与他论理，交了 200 元门票，就上车加大油门进了大门。

中

情绪不好的缘故，进入大门后我只顾踩油门沿着湿滑的泥土路往上爬行。虽然雨点已经非常稀疏，但前面的路还是越走越滑，路面也越来越软。最终，我驾驶的小帕在一个凸状地段陷入了稀泥中。几次进退之后，小帕前半部的底盘最后还是被中间的突出部分托了起来，致使左右两个前轮处于空转状态。小帕像一条搁浅的大鱼，动弹不得。

我们老幼全体倒腾了差不多一个小时，才有一个白发男子骑辆摩托摇摇晃晃地下山来。大概是见我们老的老小的小在泥水里拼搏，便动了恻隐之心，说只要我肯付 30 元钱，他就下山去拿些铲子之类的工具帮我救险。

对于陷入这样的困境，只要他能够帮我一下忙，哪怕他开口要再多钱我也会给他。至少这个时候，他比那个只会卖票收钱，对景区路况不管不顾的家伙崇高多了。我们一家一边自救一边等待。不久，男子带来了一把铲、一把锄头和一只锑桶（显然，他就住景区大门口），帮我一起刨稀泥，铺上碎石块。随后，我搬来一块片石，用千斤顶把一边轮子升高，然后在轮下垫上石块，使前面底盘离开了地面。

这时段里，因为雨基本停了，忽然从后面拐弯处冒出了一辆吉利自由舰小车，下来两女一男三个冒失鬼，他们来自河池。看得出，青年男子是被两个女孩鼓动上来的，见我们被堵，男的也赶紧过来帮忙，女的则在一旁狂拍。不久，山上又下来一辆加长柳微，下来几个人看我们的热闹。刨了稀泥，垫了路面，垫高了轮子，加上大家动手帮推，到傍晚五点一刻，小帕终于摆脱了困境，不久就跃上了老路，继续蜗牛一样向半山腰的宾馆驶去。

令我纳闷的是，就在我们的车子陷入泥泞时，景区竟然没有一个人露头帮一下忙。当时我曾经向一名看热闹的穿旧军服的男人打听，问他是不是景区的人，但他摇头否认了。

上至半山腰圣堂山庄，宽阔的停车场上只有三部越野车泊在那里。也许是阵雨刚过，这时四周云雾开始升腾缭绕，气温降低。我第一个跳下车，举目四看，山庄俨然是座空城，我的视野里没有一个人。我和孩子走进湿漉漉的大堂，一黄一黑两条大狗悄无声息地窜到我们身边，把孩子吓了一跳。好在这两只畜生都不凶，嗅嗅几下就走了。我们大声喊叫了一会，才有一个人从云雾中走进大堂。一番讨价还价，从标价五百至千元不等的房价砍到三百元，急忙开了两间住下。宾馆的饭菜尚可，我们在云雾中吃了晚饭，天也擦黑了。吃饭时，不仅那部河池车上来了，先到的三部越野车上的人也从山上下来了。宾馆里总算有了点声响。

夜里我做了一个噩梦，梦见一个台风眼在山顶上盘旋，中间能见一圈阳光，四周却风雨交加。

本以为第二天一早能安然上山，不料黎明时分大雨滂沱。早上起来吃早餐时依然细雨飘飘，雾显得更浓了。服务员称，夜里来了两部小车，停在上山的路口上，可能上山去了。听到这个消息，加上河池三个驴友已整装出发，我们便开始踏雾上山。虽说大雾天气，看不太清楚圣堂山上的秀美风光，但雾中赏景，却另有一种韵味。不过上有老下有小的，生怕山险路滑出事，行至半山腰我们便踅回头了。

下

俗话说“上山容易下山难”，此话不假。上山的路这么难走，加上夜里的一场大雨，肯定不会是什么好兆头。我人还在山上，心里却开始对回程担忧起来。

草草吃了中午饭，我们便离开山庄下山。一路浓雾茫茫，能见度仅十余米。我开着大灯慢慢下行，但几乎没遇上什么来车。吃饭时，我听说这两场雨后，许多车子到了山下便纷纷掉头了，其中包括先前提到的那两部小车。面对险路，我尽量掩饰内心的紧张，谨慎驾驶小帕在抑或积水抑或浮石的山路上行驶。不知多久，我们终于钻出了雾层，来到了上来时沦陷的地段。我稍停车往前看去，发现我们原先垫石子的地方，已经被其他车子碾得像个烂泥塘，各种车辙搅得乱七八糟的，路面上还有些积水和木板，路况比来时还糟糕，只不过此时我们是下坡罢了。

此时此刻，我们已经无路可走，也不会冒出个人来帮助我了。我深呼了一口气，换上一挡，边踩大油门边踏半离合向前闯去。车子轰鸣着摇头摆尾冲进烂泥中，一阵左冲右突，终于没有陷入泥塘，缓缓地爬过了那个地段。正当我们以为过了险关，舒了一口气时，发现前面的路被越野车破坏得愈加严重。虽说路面泥泞无比，好在多是下坡路，坑洼也不算太深。我咬紧牙关，一路踩着大油门一路刮着底盘杀将出来。

进入县道，一些轿车正在驶往圣堂山的途中，看见小帕满脸泥水，面目全非，有的司机便停车向我打听路况，有的则呼啸而过，欲去步我的后尘。但可以肯定的是，他们的车是爬不上圣堂山了。经过三个多小时的艰难跋涉，我们终于回到二级路，孩子高兴得欢呼起来。回到金秀县城后，我要做的第一件事便是找个加油站。因为此时，油表显示只有 30

公里了。

加了油，住进了比城里三星级宾馆还贵的平安宾馆（打8折后260元一间），我赶紧去找地方洗车。洗车铺热情的夫妇俩问我是不是刚从圣堂山回来。男人说那地方去不得，路太烂了，以前他开柳微车跑那条路，后来路太坏把车卖了。我说路那么烂，有关部门应该在路口提示一下，这样子真让人冒险又扫兴。正说着，女人竟用高压龙头从车底里洗出了一块一米余长、巴掌大的木板。

为了弥补上圣堂山看不见山景的遗憾，我临时决定看县城附近的莲花山。3日上午，我们爬上了3A景区莲花山，虽说只爬到半程，但还是觉得不虚此行。我总以为，让我担惊受怕的事情到此为止，不料到了桂柳高速王灵服务区休息时，我又有了新发现。从休息区出来时，我从远处看见小帕的肚皮下有个坠物。我趴到地上往里一看，原来是一块木板，呈朝前斜插状插在小帕的腹部。这块木板大概和上一块木板一样，是我下山闯险关时连同稀泥塞进底盘的。难怪当时我有一两脚刹车感觉好像有什么异物卡住了。

因为空位不够，我没能够将木板取出来。我一路走一路惦记着小帕肚子下面的木板，终于回到两位老人的居住单位。待他们下车后，我才找了个坡处停下来，爬进车底，从排气管旁边艰难地将木板抽了出来。这时候，这块尚钉有两颗一寸铁钉的木板已经热得烫手了。我特意将相机拿出来把从圣堂山上带回来的木板拍下来，有照片为证。

直到现在，我仍然觉得，作为一个风景区，圣堂山风景区在管理上还有一些亟待改进的地方。比如安全警示牌，比如道路状况通告，比如门票管理，等等。景区既然开放了，就应该切实为每一个旅游者的安全着想。否则出了事，又由谁来负责呢！

2008年5月4日于南宁凤岭

边城和海

一个人在其短暂的人生中，总会有那么几处他去往得最多的地方。这种往来，一般是出于生活的需要，再则便是视觉或者味觉的需要和偏好，说得更高尚一些，那就是心灵的需要了。

在广西，除了远在桂西北的老家西林之外，有那么几个地方是我到达次数最多的。比如百色和早年的北海，还有都安和防城港。西林是百色辖地，又是我从老家往来南宁必经之地，且那里有些聊得来的老乡和文友，经常去往百色那是必然。北海也是如此，因为那里是广西最早开放的城市，有好些个老友占了先机，率先投奔到了大海的怀抱，所以，我久不时也会去那里以文会友，以酒会友，品尝海鲜，不亦乐乎。都安是凡一平等一帮文友的老家，那里不仅人热情好客，而且羊肉、狗肉、黄酒都不错，自然去得就多了一些。而唯有一个地方例外，那就是防城港。这个简称防港的地方，我具体去了多少次，似乎是没法细数了。

大约是二十世纪九十年代初期吧，自治区作家协会领导韦一凡和文友常弼宇等人，邀请来了《上海文学》副主编周介人和编辑部主任张重光老师，从南宁驱车来到防城港一个叫月亮湾的地方，一起办了个笔会，名曰“《上海文学》防城港笔会”。

由于已知的原因，那时候的防城港刚刚从战争的阴影中走出来。虽说这里 1985 年设立了地级防城港区，但市政和港口建设可以说还是一张白纸。正因为年轻的防城港最早从战争中苏醒过来，也因为这里是曾经的援越抗美海上隐蔽运输航线“海上胡志明小道”的起点，于是包括我在内的几十名作家，风尘仆仆地来到了月亮湾，来到了防城港。那些天，我们一起听文学创作课，一起赶海，一起看日出日落，一起到港口看那几座孤零零的吊塔，一起参观边境上的废墟，乐此不疲。不过，与那些踌躇满志的文友相比，那时候我显然还是处于比较弱势的，因为我属于类似那种晚熟的农作物，文气和灵性都还比别人稍微欠缺一些。然而，许是因我对大海的虔诚和比别人有更另类的生活体验，在老师们带走的一摞手稿中，我的小说《小城公务》不久后居然登上了 1990 年第 12 期的《上海文学》。这是我首次在名刊上发表作品，毫无疑问，防城港已然成了我文学人生的一个福地。

那次防城港之行，我们还到了东兴。在急流汹涌的北仑界河上，静静地躺着一些残碎的钢筋混凝土块片，原来这是连接东兴和越南芒街水泥大桥的尸骨，大桥在 1979 年那场战争中被炸毁了。如今虽然几十年过去，但那些浸泡在急流中的钢筋水泥碎片，依然历历在目。

那次笔会之后，我便自然而然地成了防城港的常客。有时候是去金滩，或徜徉在细白的沙滩上，看岛上的渔民拉网捕鱼；或扑进海中冲波劈浪，奋力潜游。有时候，干脆就直接驾车直达东兴，住进国门酒店，凭窗眺望对岸的异国风景，领略北仑河上的百舸争流；或到北仑河口观赏文物——大清国一号界碑，看山海相连高耸的地标塔。有时候，我也会在港口区年轻而相对安静的街巷中住留，或与友人同游白浪滩、怪石滩，探访簕山古渔村，顺沿边公路至峒中探险。每次到此，我往往都游兴盎然，流连忘返。

对我而言，每次去防港既无须什么理由，也无须任何邀请。想去就去了，没有理由，也没有原因。有那么两三个周末傍晚，我驾车刚出了位于南宁市西乡塘的单位大门时，忽然冒出一股强烈念头，连想也没多想就将车开上了高速公路。随后又像是被什么力量所牵引，一路向南，开上南（宁）北（海）高速，折向钦（州）东（兴）高速。直到金滩，我才意识到，自己独自一人来到了京族三岛，来到大海边上。既然来了，便先到岛上的海鲜大排档吃了一顿海鲜，然后住进略微潮湿的海边宾馆，或打开电脑写小说，或蒙头大睡。回想起来，我的多部作品的诞生，或多或少都与金滩有些关系。

到底是什么让我对防港如此偏爱？又是何物让我对防港

如此神往？答案似乎是模糊的，一两句话根本难以言说清楚。不过我又想，防港与我，冥冥中肯定是有情有缘的。要不然，我怎么会来这里很多很多次呢。

时光来到2019年的5月，距离我第一次到防港参加《上海文学》笔会将近三十年了。这次我来防港是因为《民族文学》的邀请，让我参加他们在此举行的年度颁奖会，并且作为颁奖嘉宾。对于我来说，这是一项殊荣，又是一次美好的邂逅。

短短两三天，我不仅与《民族文学》的新老编辑们叙旧交流，还和来自祖国各地的新老少数民族文友畅谈友情，跟一帮一直是忽近忽远的防港的老友们把酒言欢。当然，这也是我第一次正式受邀来到防港。与那无数次的造访相比，这次多了一些安排的参观项目。比如参观核电项目和钢铁项目，参观亿吨级港口和京族文化遗产，到东兴口岸一游，等等。于我而言，类似这种活动当然没有以往自己来看的仔细，没有那种随意的没有拘束的探寻与体验，更没有那种自由自在的惬意与放纵。在防城港随意的住留与游历，才是我心灵所追寻的港湾和栖息地。

防城港，我还会经常来的。

2019年仲夏于南宁凤岭

第三辑

食色江湖

吃在凌云

何乡为乐土，凌云泗城府。

——民谣

对于一个外乡人来说，凌云永远是一个秘境，是一个被云烟雾雨遮蔽的地方。

这些年来，随着她的一层层神秘面纱被人们掀开，一个个深藏的谜底被世人发现，凌云已然成为桂西北一颗亮眼的明珠。

许多人都晓得，凌云有独特的自然风景。倚靠桂西第一高峰岑王老山，面朝一马平川的右江河谷；玉带般的布柳河和澄碧河自群山中蜿蜒而出，为红水河和右江注入了强大而清澈的水源；清流两岸，青山巍峨，翠竹葱茏，茶稻飘香；而浩坤湖和水源洞则像是大地之眼，一个幽蓝，一个深邃。凌云有迷人的人文风情，多民族聚居共生，形成了独特多彩的民族风情和地域文化，令众多外乡人流连忘返。凌云更有深厚的历史文化积淀，古风厚朴，傲视群雄，享誉八桂。

而现在，人们那种以传统眼光考察和观看凌云的习惯，正在被一些新的热词所替代，这就是“长寿”“养生”“长寿之乡”“美食”“运动”“徒步”……因为，这些新词语正在反映出凌云人新的生存状态和新的生活方式，也正在悄然改变凌云在人们眼中的形象。

对于像我这样一个普通吃客来说，欲要考察今天的凌云，想要探究这个新“长寿之乡”的生命密码，最便捷的途径便是从民间美食入手。有时候，美食对于我的吸引力甚至超越了山水，超越了风俗，超出了情调。

民以食为天，何况是美食！

和我一样，超级吃货作家马中才对凌云更是钟爱有加。他每次去到凌云都大言不惭地宣称，他每吃过一顿饭后都会有一种想打包的冲动。身为一名资深胖子，身为“螺蛳粉先生”品牌的老板，马中才对美食的热爱程度简直难以形容。在凌云的美食面前，每次他都吃得全神贯注，吃得不能自已，吃得似乎忘掉了一切。

凌云的美食何以能够这般吸引我们这些外来食客？我想找到其中的答案。

相传，多年以前，某公云游来到凌云。恰逢赶圩日，此公东游西荡，似在寻找什么心仪之物，最终他驻足在一个摊位前。他抬眼一看，见摊主是一个脸红扑扑的汉族女子，便指着一笼鸡和半篓子鸡蛋跟她问价杀价。女子摸不透这个外地男人的来意，急忙介绍说：“我们是山上农家人，苞谷是自己种的，菜是自己栽的，鸡是自己养的，蛋是自己屙的。”此公一听便乐了，意味深长地说：“原来蛋也是自己屙的啊。”接着忙伸出大拇指连声说“好”。这虽说是一则笑话，但说明一点，就是凌云的美食主要倚赖当地的食材，而当地的食材则主要产自当地乡土。这是当地一条特有的食物链。

众所周知，一个人生命延寿的因素多种多样，生态环境是重要的基本要素之一。凌云之所以拥有众多的长寿老人，被称为“长寿之乡”，我认为，除地理环境、生态人文这些因素以外，还有一个重要的原因便是饮食。

凌云有嘉木，此木便是凌云人的神茶树。一座座茶山，一垄垄茶树，一片片茶叶，一阵阵茶香，构成凌云最为美丽、最为动人的风景。凌云是茶的故乡。

中国人饮茶，据说始于神农时代，少说也有4700年了。至于凌云人什么时候开始饮茶，我们不得而知，反正在凌云发现的古茶树，少说也有几百年历史了。在我的印象中，凌云的各族同胞早就有以茶代酒和以茶为礼的习俗。

茶叶浑身都是宝。研究分析表明，茶叶中富含茶叶蛋白质、氨基酸、维生素、无机物、脂类、茶叶多酚类、茶叶色素、茶叶嘌呤碱、茶叶多糖、茶氨酸和茶皂素等。和凌云人喝茶时，你能从他们的嘴里知晓，喝茶是一件极其普通而又具有科学内涵的活动。作为客人，你能从他们浓重的方言中获知，茶叶中的氨基酸种类达 25 种以上，其中有人体必需的 8 种氨基酸中的 6 种。茶叶中还含有人体所需的大量元素和微量元素：大量元素主要是磷、钙、钾、钠、镁、硫等；微量元素主要是铁、锰、锌、硒、铜、氟和碘等。这些元素对人体的生理机能有着重要的作用。经常饮茶，是获得这些矿物质元素的重要渠道之一。因此，要是你能得到一盒上好的凌云茶，就等于你得到了凌云的一座富矿。

在凌云，人们除了喝茶，还把茶叶和肉类做成各种菜肴，比如茶香鸡、茶香鸭、茶香鱼、茶香羊、茶叶牛干巴、茶叶蛋、茶叶汤、油茶等。这些掺杂有茶成分的荤菜素汤，口感特别，去脂留香。把茶叶和谷物制成糍粑、汤圆、油炸粑等食品，香醇可口。

在凌云的菜谱中，除了茶叶元素，还有山茶油、火麻、艾菜、山姜、竹笋、黄豆、饭豆、酸菜、玉米、山薯、八角、薄荷、瓜子等，可以说应有尽有。而一种令我等桂西北土著喜好的菜肴，其实在凌云早已具有颇高的知名度，这就是凌云土菜狗肉。

从名称上你就可以晓得，这是一种当地土狗或菜狗，并不是什么名犬贵狗，更不是什么宠物狗。和养鸡养鸭一样，这里的山里人家自古就有养牛养羊、养猪养狗的习惯。而饲养土狗一则为了看家护门，二则用于吃肉。与大多数桂西北地方不同，凌云人吃狗肉弄狗肉可以说是达到了境界。

很多年前，我有幸结识曾在凌云县文化馆工作的哥创，他就是一个弄狗肉的高手。每次吃狗肉，他必然带上香料，然后亲自到厨房指导厨师如何烹饪制作。经他一番指点，锅里的狗肉便会散发出异样的肉香。每当朋友们赞叹他的手艺时，他脸上便洋溢出得意之色，然后滔滔不绝地讲起流传千百年的凌云狗肉经。听多了你便知道，凌云人吃狗肉是有多么的讲究。于是，不管你馋与不馋，来到凌云遇到这里特有的土菜狗肉，你都会忍不住要拿起筷子。如今，凌云土菜狗肉的经典做法大致有几种：黄焖狗、红烧狗、狗肉火锅、狗肉水锅、白崭狗、酸菜狗、薄荷狗、紫苏狗、香椿狗等。

据史料记载，我国吃狗肉的历史由来已久。《礼记·内则》和《周礼·天官·冢宰·食医》中皆载“豕宜稷，犬宜粱，雁宜麦”。而《礼记》中还记载，周代宫廷佳肴“八珍”中的“肝膋”，则是以狗肝为原料。秦汉时期吃狗肉的风气极为普遍，张亮采著的《中国风俗史》说，汉代人“喜食犬，故屠狗之事，豪杰亦为之”。唐人张守节的《史记正义》亦云，“时人食狗亦与羊豕同，故哙专屠以卖之”。《礼记·月令》中有“孟秋之月……天子……食麻与犬”，“仲秋之月……天子……以犬尝麻，先荐寝庙”，说天子也只有在秋季祭祀时才与群臣分享狗肉。古代的湖南长沙一带，有“冬狗伏羊”之说。而粤西及桂东南一带，则有“夏狗冬羊”一说。

狗肉虽然美味，还是补品，但李时珍在《本草纲目》中也有提醒：“九月勿食犬，伤神。”在凌云吃狗肉时，当地朋友也会提醒你，吃了狗肉后不要马上喝茶，这样对肠胃不好。另外，要吃就吃正宗的凌云土狗菜狗，千万莫吃宠物狗。

凌云人为什么能长寿，肯定会有一些不为人知的秘密。

但我始终相信，饮食作为生命的一个要素，吃什么就有什么营养摄入，这应该是最为要紧的一环。因此，在此妄议凌云饮食，说说凌云民间菜谱，讲讲喝茶吃肉，其实也只是一个吃货的一点偏好而已。

2017 年秋于百色

被亵渎的米粉

南宁市的米粉被玷污了！

这些天，一些媒体再次揭露报道了南宁市一些米粉厂家在生产、运输米粉过程中的种种状况，真相既令人担忧，又令人作呕。

我一个普通市民为什么会为米粉担忧？因为我太爱吃米粉了！因为南宁人太喜欢米粉了！因为广西人太依恋米粉了！

小时候，我总以为除了肉，天底下最好吃的东西就是米粉了。每到收获新米的季节，或是逢年过节，看见母亲把白花花的大米浸泡在桶里，我就晓得要做米粉了，这时禁不住到处奔走相告：我家要做米粉了！殊不料回家后却遭来一顿臭骂，大人们是不愿让我到处广播做米粉的。于是，我只好像一条闷狗般地守候一旁，看那些白花花的大米如何被磨成更白的米浆，看那些米浆如何被舀进一个揩过油的大铁圆盘里，看铁盘如何在大铁锅里蒸腾，看掀开锅盖后那种被称为米粉的东西是如何被母亲像变魔术一样从滚烫的铁盘里取到簸箕上，然后盛到碗里递给像饿狗一样的我的。长大了才明白，那时候的大米是配给制的，用大米来做米粉那是一种奢侈了。

后来读书了，终于能够经常见到米粉，但也不是经常能吃到的。那时候只有国营饭店才可以卖米粉，肉粉一碗一毛四分钱，素粉九分。我时常看到许多干部职工和乡下来的农民一起排长队等吃米粉，有些人排到了还未必能够吃得上。工作后，我终于可以经常吃到用米粉做的早餐了，但像炒粉、煮肉粉这样的盛餐还是很少能够吃得到。一个外号叫“马仔”的同事是名南宁知青，能打一手好篮球，幸运地被抽进县队，每天晚上练球后他都能吃到一份价值五毛钱的炒粉，便多次向我炫耀，于是经常令我垂涎欲滴。

后来的情况越来越好，我们终于可以在大街小巷看到米粉摊了，我们终于能够随意吃到米粉了。作为广西的一名米粉爱好者，我甚至觉得自己是多么的幸福。然而，米粉虽然变得普通了，但是我们对米粉的依恋仍旧。在广西，有名的米粉很多，比如南宁老友粉、桂林米粉、宾阳酸粉、沙河粉、陈村粉、罗秀米粉，此外又分类有猪脚粉、螺蛳粉、狗肉粉、麻鸭粉、肠粉、鸡肉粉、鸭肉粉、马肉粉、牛肉粉、海鲜粉……

真的有点数不过来了。一个广西人，不管你身处何方，用早餐时最先想到的可能就是平平常常的米粉，其他食物并不一定是首选。

然而，这些天来，媒体有关米粉的报道却让我禁不住震怒。我们喜爱的米粉，被人玷污了，被人亵渎了！我们信赖的引以为荣的米粉，被人弄脏了，被人糟蹋了！

我已经好多天没敢吃亲爱的米粉了。因为现在才明白，那么长时间来，我们一直是在和那些可憎的老鼠一起共享这些米粉的。是谁给了老鼠这种权利的？是些什么样的人敢于亵渎属于我们的米粉？是些什么人允许那些黑心商家这么粗暴对待米粉的？

请善待属于我们的米粉吧！

写于2006年冬

城市食生族

人类从晓得用火开始，就晓得把猎获的动物杀死后烤熟煮熟来吃，晓得把部分食物煮熟后食用。这样做，除了使食物味道更好，还能让肉类释放出更多更丰富的养分，还可以让食物分离出更多的样式和种类。因此，从我们幼小的时候开始，就不断地被大人们教导，什么东西不能生吃，什么东西可以生吃。

我第一次看见别人食生，是父亲和两个村汉聚在一起吮蛇血。他们把捕捉到的一条乌黑的蛇吊在树上，将蛇尾巴开个口子，包上一层干净的布，再弄来米酒，然后轮流吮吸蛇血。当时的场面相当恐怖，那条蛇不断地扭曲身体，几个吸血的汉子则吮得有滋有味。许多年过去，那个恐怖的情景至今仍然历历在目。除了如此这般地吮吸蛇血，村里常见的食生还有生吃动物血、生昆虫、生马蜂和蜂蛹等。当然，植物类可以生吃的东西就更多了。

离开故乡来到城市生活后，满以为这种类似茹毛饮血的情况会少见一些，然而，事情并不是这样。尽管城市的文明程度远远比乡村高，但我发现在食生方面，城市人其实比乡村人还要凶猛。比如到西餐厅用餐，点单时服务员往往会问一声，肉是要几成熟的。因为烤太熟肉就硬了，味道就不怎么好了。于是就有人要八九成熟的，让肉还有些水分和血色，胆大一些的就要五六成熟，让肉熟中夹生，说这样味道更加鲜美。在一些日本或韩国料理店，食生牛肉并不少见。

城市中食生族吃得最多的还是鱼生。在我老家桂西北地区是不兴吃鱼生的，但是在南宁及周边地区却很普遍，不仅高档的酒楼有鱼生宴，就连大排档或家庭聚餐也有上桌。显然，鱼生已经成了这一地区的风味食品。后来我才知道，吃鱼生的族群不仅南宁及周边，更远的粤港澳地区，甚至日本人、朝鲜人也喜欢吃鱼生，所谓海鲜刺身也可能是漂洋过海来的呢。有一次我到武鸣一位朋友家做客，只见主人把一些才二三两大的罗非鱼草草切成块状，放进一只面盆里，配以一些油盐酱醋和紫苏之类的佐料，一阵搅拌后便上桌了。看见主人吃得津津有味，我也尝试吃了一块，才发现骨头都还夹在鱼肉里。最令人毛骨悚然的吃法出现在一部韩国片中，主人公在水库里钓鱼，钓到鱼后他即刻用刀削下两侧的肉，生吃后又将鱼放生，谁晓得那条鱼能活多久呢！

在我们生活的城市，食生是永无休止的，人们吃了河鱼生又吃海鱼生，然后再吃生龙虾，吃生对虾，吃生沙虫，吃生泥丁，吃生蚝生贝……人们认为，海里的东西更为环保，也对身体有益无害。沙虫、泥丁和蚯蚓应该属于同类，只不过沙虫生存在沙滩上，所以人们就可以放心地生吃了，这可能是一种误判。

写于2006年夏

吃在美国

上

去美国之前，对于美国人的饮食我虽然不甚了解，但又不能说一点都不了解，至少在我们生活的城市里，麦当劳和肯德基早已在我们的视野里变得老熟了。作为美国的一种文化标记，那个金黄色的好看的字母“M”和那张白头发、白胡子的胖圆脸，在我们熙攘的街道上显得格外的扎眼。然而，对麦当劳、肯德基之类的外来食品，我虽说不算陌生，自己也吃过了，但是以往我始终认为那是孩子们的专利，是属于他们的食品，与大人们是没有多少干系的。我一直认为，人家美国人的大人们肯定另有专门吃喝的地方。

这种先入为主的误解，至少让我到了美国后有好几天都转不过弯来。头两天，因有使领馆和华人接待方的礼节性宴请，我们得以在纽约和华盛顿这样的都市里享受到中餐，吃的都是相当地道的中国菜。甚至在曼哈顿这样的繁华街区，我们也还能吃到不错的中餐。有所不同的是，美国城市里的中餐馆都不是很大型，而且多数基本没有包间，即使有也只是三两间。

在美国作客期间，有几餐饭给我留下比较特别的印象。到美后的第一餐饭是中国驻纽约总领事馆为我们洗尘，在曼哈顿街区一间川菜馆吃的，热盘冷盘上了满满一桌，国内鲜见的龙虾也上了一大盘，还上了两瓶红酒。我们虽然时差没倒过来，但还是胃口大开，大快朵颐一番。我当时就天真地认为，其实美国的饮食也还是不错的。不过埋单时还是让我略有些吃惊，我们这一吃每桌花费了300余美元，两桌饭花掉了600多美元。在国内，这些钱足可以办个四五桌同等档次的筵席了。第二天中餐是北美华文作协会长请客，此人是《世界日报》副总裁，也是个阔绰之人，饭菜规模和第一天晚上差不多，还上了红酒。喝得脸红耳热之际，一位华裔作家对我耳语说："你们够有面子了，老会长平时很少请客，更少上酒。"我当时想，不就是上龙虾和红酒嘛，对于一个富人来说算什么呢！此君还告诉我，在美国的餐馆里很少有人喝酒，想喝酒多半是到酒吧里去。

后来的情况确实给我上了一课。在华盛顿一个叫蓉园的中餐馆，中国驻美大使馆文化参赞舒晓先生宴请我们一行，菜虽然丰盛，可就是不上酒，连红酒、啤酒也没有，就用纯水碰杯。不仅如此，后来在波士顿和洛杉矶受到几次宴请也是没有酒上桌。要不是亲眼所见，我是不会相信的。我们团里有几名酒徒，酒徒中又有两名富人，一两顿不喝酒可以，几天没酒喝可不行。他们最先跳出来自己掏钱买酒喝，好在酒不是太贵，红酒 20 美元左右，一瓶七两茅台在商场里竟卖不到 25 美元。

中

美国民众都知道他们的总统小布什是个酒徒，年轻时他就经常喝得酩酊大醉。有一次他和弟弟酒醉后一起要找老布什“干架”。30 岁时，小布什因酒后驾驶被罚了 150 美元还吊销了驾照；40 岁时，小布什为了仕途才开始在家人的帮助下戒酒。不过，近期又传出了深居白宫的小布什总统因自然灾害和伊拉克战争“压力过大”，因而经常偷偷喝上几杯，借酒浇愁。可谓是近墨者黑，小布什的两个女儿也是不折不扣的酒爱好者，她们没到得克萨斯州法定喝酒年龄 21 岁，就因经常混进酒吧偷偷喝酒而多次被罚。既然第一家庭这么好酒，想必美国就是酒品消费大国了。其实不然。到了美国后，目睹在普通餐馆里极少有美国人喝酒，就连中餐馆也是如此，这使我颇感意外。

至于人家为什么这样，我们不得而知。一种说法是，几乎每个美国成年人都有驾驶执照，都会开汽车，而酒后驾车的处罚很重，所以人们只好禁酒守法。还有一种说法称，美国曾经是一个酗酒情况非常严重的国度，为了改变形象，国家不得不制定严格的法律来约束酒民。不管是出于何种原因，美国人酒徒很少这是一个事实。在洛杉矶，多年未曾谋面的画家老朋友黄闪夜从大老远驱车过来看我并请我吃饭，我以为他乡遇故知应该可以痛快喝两杯了吧，可是人家还是自觉遵纪守法，坚持不喝。

也有唯一的例外。那天我们驱车从亚利桑那州往内华达州，在路上小憩时，我看见一男一女两个年轻人互相搀扶着走出路边的餐馆。这两人显然都喝高了，不仅满脸通红，还边步履蹒跚地走，边高声浪笑，男的手里还拎着一瓶啤酒。这极似美国西部影片里的那些牛仔，自由自在，无拘无束。我觉得这才是真正的美国人呢！

据说，美国人喝酒是有正式喝酒和非正式喝酒之分的，非正式喝酒就是在酒吧里随意喝一杯鸡尾酒，或是在餐中要点啤酒小酌。正式的喝酒场合一般是宴席或者酒会，人们常用的酒有威士忌、红葡萄酒、白葡萄酒和朗姆酒。朗姆酒是烈性酒，名气很大，是一种家喻户晓的酒。人们聚在一起喝酒也不是随便就喝的，往往还有一些讲究，一般饭前要先喝威士忌，加冰或者加苏打水，中间主要喝葡萄酒，朗姆酒则作为餐后酒来饮用。这样喝酒也自有其道理，就是酒的度数逐渐升高，循序渐进。要是吃海鲜河鲜，则主要上白葡萄酒，据说这是出于营养上的考虑，这样喝不容易导致痛风。

除了大名鼎鼎的朗姆酒，美国自产的酒品牌繁多，啤酒有百威、米勒、康胜、蓝带等，威士忌有波本、天高、老乌鸦、老林头、老火鸡等，其中解百纳、赤霞珠、黑皮诺等红白葡萄酒更是遍及全美。加利福尼亚州的酿酒厂有约1700家。在洛杉矶，我们差点就去参观一家葡萄酒厂，可惜后来行程太紧没有去。

下

去美国，飞机一落地，有一种景象特别惹眼，那就是胖子无处不在。无论是在机场、停车场，还是在大街上、在餐馆里、在电梯里，你都很容易看到一个个体态臃肿的白人或黑人。在波士顿购物中心广场，我看见两个女胖子已经没法迈步了，却还骑着特制的电动车在缓缓逛街，引来无数目光。据说美国最胖的胖子体重达 482 公斤，全美的胖子达 5000 余万人，和中国的胖子人口相差无几。

胖子这种景观招引了我们团里几位女同胞的注意。中国作协的王女士几乎不愿放过任何一个大胖子，用相机把一个个“加仑桶”给拍了下来，她笑称回来准备搞一个美国胖子图片展。如我这样 75 公斤体重的人混在美国人中间，只能算一个“竹竿”而已。走了一圈回来，我似乎已经明白人家老美为何有这么多胖子了，这肯定与饮食有关。

像我这样的中国人到了美国，最不习惯的事情恐怕就是饮食了。先说早餐吧，他们的早饭可不像我们有各种米粉，有豆浆、油条、馒头、包子等各种品种，而是千篇一律的牛奶、咖啡加油炸煎烤食品，这些食物不仅热量很高，而且营养过于丰富。在美国，不论是在东部还是西部，且无论是在城市还是在高速公路旁边，见得最多的餐厅就是麦当劳了。城市的大街上和没有尽头的高速公路两旁，那个高高的醒目的鲜黄的“M”字几乎无处不在。无须赘言，不管你是谁，不管你有多讨厌那个“M”，到了美国你就不得不投入它的怀抱，不得不跟它攀亲，否则你将会饿肚子不可。

前面我说过，在去美国之前，我总以为麦当劳只是属于青少年的，殊不料在那个地方，几乎所有年龄段的人都是那么地热爱那个“M”。也不晓得为什么，像肯德基、德克士等一些有名的连锁店在一些州、一些城市几乎找不到影子，而这个“M”却比比皆是，这可能是激烈的商业竞争的结果吧。和国内的麦当劳不同，美国的麦当劳除了汉堡、炸鸡块、炸薯条等东西之外，可乐、雪碧、咖啡、果汁是随便喝的，这样也就难免会有一些贪嘴的人放开肚皮大吃大喝了。你想，一个人从小到老都吃这些东西能不胖吗？

若干年前，许多国人要去美国考察访问什么的，总免不了要带半袋子方便面过去，以防不测。现在似乎没这个必要了，那边除了满世界的“M”，中餐馆也越来越多，退一步说，超市里也很容易买到中国产的快餐面，只要有美元就行。中餐馆不仅为在美国的中国人带来便利，也深受当地食客的喜爱。

在纽约、华盛顿、波士顿、洛杉矶、拉斯维加斯这样的地方，除了中国城里的中国菜酒楼之外，还有不少自助式的中餐厅。酒楼的菜肴好吃但显然都比较贵，一般的外国人很少光顾，而自助中餐厅却大受欢迎。一般一个人花六七美元就可以吃饱喝足，走时再付一美元小费就可以了。

在美国吃饭一般是要付小费的，吃完饭放一两美元钢镚在桌上，服务生收碗时会收入囊中。国人没这个习惯，一些人也不太舍得，离开时往往抹嘴就走人，这让那些靠小费收入的服务员直皱眉摇头，满脸不屑。

写于 2006 年秋

我终于痛风了

大约一个月以前，我的右膝盖开始有一丝隐痛，那种感觉就是上台阶时像被低压电流击打，时隐时现。当时我以为是打球时不小心伤了神经，没有太理会。后来觉得痛感有所加剧，就在患处贴了块麝香跌打膏。不料一次吃海鲜之后竟然成了过敏点，整个膝盖红肿了起来，疼痛感也加剧了，上下楼有些步履蹒跚，很不方便。

有次吃饭时恰好遇上一位医生，我把情况跟他说后，他颇肯定地说我八成是痛风了。

我痛风了？我痛风了！我简直不太相信这位医生的判断，但又不想去医院做检测尿酸之类的化验。我又把我的情况跟一些酒徒朋友说，居然有若干人情况和我颇为相似，他们都毫不含糊地说这就是痛风。虽然不去做化验，但我从此开始疏远啤酒和动物内脏，尽量少吃或不吃海鲜，病情果然有所缓和。

于是我开始回忆近两三个月来的饮食，回忆各种有可能导致痛风的所作所为。进入这个夏天，我开始对烈性酒怀有几分恐惧，便在聚餐时多用啤酒。喝啤酒往往是要拼的。所谓拼酒就是赌酒，或码赌或牌赌，过程往往十分有趣。问题是，大凡有点酒量的人都不太把啤酒当酒，喝一次啤酒往往少则两三瓶，多则五六瓶，个别“酒仙”还能喝个八九瓶。总之，啤酒很少让人喝醉，一般是不醉先胀，胀到受不了了，人才会有些迷糊。

因此，我很有理由先把痛风归咎于喝啤酒。然而，情况并不这样简单，这个夏天我还吃了不少动物内脏。最为壮观的是，有一次附近有个牛杂店开张，我们五六个人一气吃了两锅牛杂和两锅猪杂，而且边吃边喝啤酒。这还不算，这个夏天我还有两次到海边小住几天的经历，海鲜自然也没少吃。

如此这般，痛风就不可避免地在我身上发生了。

若干年前，单位里有位福高兄，是个不折不扣的酒徒。先前他在海边生活时患上了痛风，到南宁后依然经常发作，每次发作都是一瘸一拐的，严重时更是下不了楼。看他那痛苦不堪的样子，我们一帮酒友还经常笑话他，说他得了“富豪病”。以致有一次他咬牙切齿地说，痛风发作时，要是手上有支枪，真的有把我们一帮人都打死的心。我晓得他说的是气话，但没想到痛风会是这么的痛。后来一名姓蒙的酒友也得了痛风，也是一副痛不欲生的样子，于是被我们命名为“福高病”。

痛风了，这会让我失去很多乐趣，这也多少让我有些始料未及，有些意外，因为过去我从来没有想过我会痛风。不过俗话说：“冰冻三尺，非一日之寒。”痛风不是一朝一夕或吃一两次内脏海鲜、喝一两次啤酒就会患上的，而是不良饮食习惯的日积月累导致的。这就是哲学书上说的，从量变到质变的过程。

因为痛风了，从此我要加强对这方面知识的了解和学习。当然，也更要像医生说的那样，要迈开自己的腿，管住自己的嘴。

2007 年秋于南宁凤岭

第四辑

文场暖事

我的高地情结

——兼谈桂西北叙事

我花了10来年的时间写了三部长篇小说：第一部是长江文艺出版社出版的《生生长流》，一部是中国青年出版社出版的《公务员》，最近的这部叫《杀牛坪》，是在《作家》杂志上发表的。和以前写的诸多中短篇作品一样，我的小说无不怀有浓重的家族情结和河流情结。而我所表现的这两种情结都与一个地域有关，那就是桂西北高地。单从地理角度上说，这个地域其实应该算是云贵高原的一部分，只不过它被人为地划为广西的地域。这里不仅是我的出生地，也是我的精神故乡。一直以来，源自这块地域的一切记忆和发生的一切变化，都让我的创作深受影响。

我老老家的二姐

2011 年春节临近之时，我决定回一趟老老家，去看望不久前丧夫的二姐。大年初二一大早，我和同在南宁市工作的兄长及堂兄三个人就上了路。每次回老家，基本上都是由我开着我这部 07 款大众帕萨特，从首府南宁市出发，先是沿着邕江然后是右江往西走，到了百色之后又沿着驮娘河溯源而上。山渐高水渐远，大约 500 余公里路程走完了，便差不多到了这条河的源头，来到位于桂西北高地一个叫平用的村庄，这里是我的老家。而要到老老家去，则还要继续往山里走 10 余公里。由于前些年南（宁）百（色）高速公路和今年春节前百（色）隆（林）高速公路相继通车，以往要走一整天的路程现在只要六七个小时就能到老家了。

我二姐其实也是我小说作品中的一个人物，而且她的人生颇具悲剧性。我二姐出生在桂滇边界一个叫岩怀的小山村。在她五六岁的时候，我父母亲就离开了岩怀，举家迁到距离岩怀村大约 10 公里的驮娘河边，落户在一个叫平用的地方。从此，我们家人就有了两个老家：一个是老家平用，另一个是老老家岩怀。可以说，我们父亲当年之所以这样做，主要是因为老老家缺水，于是就投奔到驮娘河边来了。

这条发源于云贵高原南麓云南省广南县的驮娘河，流过我们平用村，在高山大岭间蜿蜒数百里后流入右江，成为珠江水系的一条重要支流。得益于平用风土与驮娘河的养育，我二姐的少女时代过得相当平顺，不仅上了学还当上了供销社的售货员。可是不曾想到，正当她对未来生活满怀憧憬时，却被我父亲威迫利诱，回老老家和一个刘姓退伍兵结婚。许多年过去，我才知道在老老家居住着黄、刘两个大姓，而且我们黄家与刘家长期不和，仇怨颇深。为了缓和矛盾，消弭仇恨，父亲于是把我二姐当成了厚礼送给了刘家。从那以后，老老家岩怀的黄家和刘家果然平息了恩怨，终于能够和睦相处。

好人却未必有好命。大约是腊月初的样子，和二姐生活了 40 余年的二姐夫突然撒手走了。由于年底事多且离得较远，我没能在第一时间去看望二姐。我晓得，二姐这一生一直过得十分艰苦，确切地说，她是一天天一年年地熬过来的。二姐嫁到刘家的头几年，可能是心理排异原因导致生理出现问题，她居然一直没怀孕。后来在父亲的协调之下，我大姐同意把她的第三个儿子送给二姐养。这一招果然灵验，不久二姐便有了身孕，接连生了三个儿子。因为二姐夫在县城的工厂上班，二姐便一边劳作一边独自担负起养育孩子的重任。可以说，我二姐的命运和苦难不是一般农村妇女所能承受的。因此，到老老家去看望二姐便成了我这个春节的一个心结。

然而，老老家那个地方并不是说要去就可以轻松地去得了的。由于高地气候的特性，每到冬天这里几乎都是阴雨绵绵。通往老老家的村道因为是新修的简易公路，没有铺垫沙石，没有人维护，泡了一段日子的水，路面早已烂成了泥塘，一般的车辆是没法通行的。听说我们要回去，在县里开车的外甥刘海特意借到了县里唯一的国产悍马猛士越野车，磕磕碰碰地把我们从老家拉到了老老家。见到三个老弟风尘仆仆地从南宁赶来探望，二姐抑制住内心的悲喜交集，潮红着眼微笑着迎接我们。我看得出来，坚强的二姐是不想让我们看到她悲伤萎靡的模样，把刚失去丈夫的悲痛和生活的艰辛都隐藏在心里了。此时此刻，身材矮小的二姐在我的眼前忽然间变得高大起来，俨然一棵不屈不挠的大树。

虽说我二姐只是我们这个高地家族一个普通的成员，但她的人生际遇，她的命运及故事却是唯一的。由于有了像我二姐这样诸多家庭成员的观照，家族叙事便成为我最常用的表现手法。

这两条魂牵梦萦的河

感谢父亲当年的眼力和壮举，把我们全家从大山里的老老家搬迁到了河边。相对于哥姐们而言，我还是比较幸运的，因为我出生在河畔。这条名叫驮娘河的河流虽说不大，却承载着我童年的梦想。我一直有一个念想，就是有一天亲手做一条独木舟，然后撑船顺流而下，到更大的江河去，到河下的大城市去，甚至到大海去。在当时看来，我认为只有村前的河流能够帮助我实现这个远大的理想，于是这个情结毫无疑问地影响了我的创作。

我最早发表的作品是一则关于驮娘河的民间故事。这个发表于《右江日报》上的小小东西，讲述的是在一个大旱之年儿子背着母亲逃荒寻水，在找到驮娘河的源头驮娘泉时，母亲却渴死在儿子背上的凄惨故事。这个故事虽说短小，却一直让我无法释怀，有时候我甚至有这样的错觉，我就是那个背着母亲去找水的儿子。这种沉重感与桂西北高地的另一条叫作红河的河流一起，成为我这大半生无法卸弃的负重。

直到成年以后，我才在一次下乡工作的机会中得以见到传说中的红河。这条被誉为“雄性之河”的河流一开始就给我留下了难以言说的震撼。恰逢雨季，在两岸高耸的大山的挤压之下，不算宽阔的河面上浊流滚滚。汹涌的浪涛，巨大的旋涡，沉雷般的闷响……站在岸上，你会被一种压迫感笼罩，人变得渺小了，内心不由得对它产生无限的敬畏。尽管这条大河距离我老家只有30余公里，但因为大山的阻隔，以至我很晚才见到它的尊容。

红河发源于云贵高原的腹地云南省曲靖市沾益县的马雄山，此地被认为是珠江的源头。它流经滇东的红土高原后进入桂西北高地，成为广西、贵州的界河，往东南方流淌数百公里，然后掉头向南，与柳江汇合后称黔江，再与从桂西南流来的郁江汇流，形成浔江和西江。广西乃至华南两条重要的河流都流经我的家乡，对我来说，既是天地的造化，也是一种机缘。河流不仅孕育了生命，缔造了文明，更是芸芸众生赖以生存的命脉。如果说驮娘河带给我人生的影响是与生俱来的，那么红河给我的影响却是撞击性的甚至是刺痛性的。

红河给了我视觉上和神经上的刺激，而驮娘河是细水长流般的源远流长。我的一些自认为比较重要的作品，诸如《红河湾上的孤屋》《远风俗》《瘦马》《回家过年》《涉过红水》等中篇以及三部长篇小说的灵感，基本上都来自这两条河流。作为一个没有多少天分的写作者，如若没有河流和土地的滋养，要想写出一种厚重感那是不可能的。所以我要感谢河流，感谢它的无私和赐予。

高地叙事的困惑

是桂西北高地生成了红河和驮娘河，同时接纳和养育了我们家族，使我能够用自己的才情和劳动形成一些可读的文字。我的文字对高地来说可能抵不上一棵树或一块石头，但如果我已或多或少地记叙了一些有关高地，有关河流，有关那一方水土养育的那一方人事，那么我这辈子就不算白活，我的文字也就不至于成为垃圾了。

在一系列关于红河的小说中，我曾经写到一些不同季节红河的各种姿态，除了洪水期的河流让人颤动，瘦水时的河流同样撼人心魄。和凶猛的洪水期不同，我曾经有几次目睹红河的狰狞，原先偌大的河床变得瘦骨嶙峋，河床里只剩下一条蜿蜒迂回的几十米宽的深槽，灰白的岩礁如千万只猛兽的獠牙般铺陈在两边的河滩上。槽上的水似飘逸的绿带子，那水深不可测。有时候往往你站在河边或身处“獠牙阵”中也只听到震耳的涛声，却看不到奔腾的河水。但是如今这种情景已经比较少见了。近20年来，随着红河梯级电站的开发，红河上修建了10余座大型水坝，狂暴的红龙似乎被降服了，往时一年中大半月份都能看到的红水因为泥沙的沉淀，到了下游已经变成清流，这条千百年来桀骜不驯的红水也名不副实了。因为大坝蓄水，红河的原貌被改变了，一些村庄被淹没了，原先在河谷里生活的人们离开了世代生活的土地。不仅红河如此，就连水流不丰落差不大的驮娘河，也被无数的水泥大坝拦截成了若干节，借用当地人的形容，有些河段甚至蚂蚁也能过得河去，河床只剩下干白的卵石了。

今天的桂西北高地，正在丧失原貌的不仅是河流，连绵不绝的山坡上植被也被人为地改变了，原始的树林已被一些外地树种代替，那些曾经在高地上出没的飞禽走兽失去了生存的空间，许多物种变成了传说。如今在我的家乡，多数农民已经不再种植他们祖辈种了千百年的水稻杂粮，田里生长的是外地引进的果树。由于极少耕作，原来祖先们驯化繁殖的优良水牛也日渐淡出我们的视野。那些没有任何工业污染的小溪小河流正逐渐被人们忘却，山坡的草地上飘舞的塑料包装袋和路旁遗弃的各种塑料瓶子，很容易让人误认为是到了一个陌生的地域。

社会发展与时代文明的突如其来，显然让居住在山地的人们没有多少准备，大家似乎都手足无措，都被这一切搞得懵懂了。当作家们还在迷恋高地上的原生态与淳厚古朴之时，时代已经发生了巨变。如果我们只是乐此不疲地充当地理原貌和民俗风情的忠实记录者和见证者，那么文学与人们心灵的距离将会越来越远。新的高地叙事一方面呼唤写作者改变姿态，另一方面又要抛弃固有的创作情结，这是一种两难的选择。

2011 年 4 月 20 日于南宁

师长与挚友

曾经有人半开玩笑半认真地说，一个文学爱好者若是要想成为一名作家，只要得到三家刊物帮扶一下就可以了。于是我就时常摸后脑勺想，这话或多或少是说到点了的。对于一个初学写作的人，即便没有三家刊物，就是只有一家帮扶，也算是幸运儿了。诚然，我们晓得，当不当得成作家，摆在第一位的还是天赋，其次是勤奋，最后才是帮扶问题。

我虽说还不算是一个真正意义上的作家，充其量也只是一名自得其乐的业余写作者，然而我却是幸运者。因为我在写作的道路上，已经得到不止三家杂志的帮扶了。在这些曾经提携我的刊物中，总有一些面孔、一些目光使我无法忘怀。

其中，像西林县刊《驮娘江》的岑隆业，地区刊物《右江文艺》的杨军、杨荣杰，百色《右江日报》的农文扬、潘茨宣，校刊《广西民族学院》的陆宝璋等师长，他们无疑是我文学之路最早的启蒙者，是最早伸出双手把我扶上马的老师。尽管文学之路漫长曲折，尽管胯下的马匹很羸弱，但每走一步我都觉得是坚强而有力的。

因为有了这些温暖的手和关切的目光，我的文学路才得以渐行渐远，以至最终改变了我的命运，改变了我的人生。如今，我时常站在南宁市西乡塘的相思湖畔追思回望，那些与我人生相关的编辑和刊物不时浮现于我的脑海。他们如《三月三》的陈雨帆、黄钲，《民族文学》的白崇人、王文平，《上海文学》的周介人、张重光，《漓江》的聂震宁，《当代》的何启治、周昌义，《青年文学》的黄宾堂，《作家》的宗仁发、王小王，《花城》的田瑛，《文艺报》的石一宁……还有其他报刊社、出版社编辑的面孔，在此就不一一列举了。如果加上一些未曾发表作品但人却很熟知的刊物，那我的贵人真是一时数不过来了。

唯有一个刊物例外，她是以整体的面目、整体的形象伴我同行的，她就是我的老朋友《广西文学》。虽然我在这份杂志上发表作品的时间相对比较晚，但是她与我的关系却不一般，可以说是从一开始便进入了热恋状态，而且经久不衰。大约是 20 世纪 80 年代末吧，那时候的《广西文学》聚集了像李竑、李宝靖、潘荣才、梁发源、凌渡、蒋锡元这样一批资深编辑，可谓在期刊界中实力超群。当你走进编辑部，看到模样像个侠士，肤色似非洲哥，讲一口玉林普通话，处事从容不亢不卑的，那是李竑老师。模样老实敦厚，说话慢条斯理细声细气，待人处事笑容可掬的，那是李宝靖老师。长有一双细眯的眼睛，一见熟人就笑，笑起来像儿童画里的太阳公公，乐观豁达爱开玩笑爱调侃的，这样的长者非潘荣才老师莫属。当然，给我留下深刻印象的，还有为人低调目光老辣的梁发源老师，不苟言笑而说话不乏冷幽默且能写一手好散文的凌渡老师，兼具商人的精明与知识分子的睿智的小说家蒋锡元老师。而令我敬佩的是，这些大佬级编辑不仅有的毕业于名校，而且当中的一些老师还是创作实力不俗的作家，在广西文坛可是大名鼎鼎。他们的学养，他们的宽容，他们的热情，让我这样一个来自乡村的莽撞文青能够在南宁立足，在文坛上有所作为。那些年，《广西文学》的老一代编辑不仅帮助我在杂志上发表作品，还在各种文学活动中给我诸多扶助和关照。比如文学评奖，比如评职称，比如推荐深造学习，等等。

如果说是上述这些师长的笑容与气度，把怯声怯气的我带进了《广西文学》的园地，使我成为其家园中的一个成员，那么《广西文学》真正成为我人生中的一个挚友，是因为前辈们同样也培养出了一批批与他们一样优秀的第二代、第三代编辑。我眼中的《广西文学》第二代编辑，应该包括罗传洲、覃瑞强、范浩鸣、严风华、冯艳冰、韦露等，他们不但继承了前辈的事业，而且接纳了我，使我们的友情更加稳固。由于有了这样一种一脉相承的关系，以至后来被我称为第三代的鬼子、吴小刚、牛依河、王迅等编辑也是和我关系非同一般，有的甚至还成了文友和酒友。

编辑是杂志的灵魂，若是没有一批与作者平等相待的编辑，就不可能团结一大批文友，杂志就不可能办好。同时，每个杂志都有属于自己的圈子和属地，都会有一群忠实于自己的作者队伍。我鄙视那些过河拆桥甚至忘恩负义的人，他们一旦有了些名气和小成就，就对那些帮扶过自己的杂志和编辑嗤之以鼻。

对于《广西文学》和一代代的编辑们，我的内心只有感激和谢意。

2011 年 6 月于南宁凤岭

书即是路

2004 年 5 月，第十四届全国书市在广西桂林举行。开幕那天早上，大雨滂沱，整个城市像是用漓江水洗涤过一样清新怡人。在这个图书盛会上，我以一名作者的身份参与其中，倍感荣幸。

那年春夏，我远居在北京城东的十里堡，埋头在鲁迅文学院高级研讨班听课读书。一天，我忽然接到一个电话，在书市组委会服务的熟人覃老师告知，考虑到我的壮族身份和新出版的长篇小说《生生长流》，组委会决定让我作为特邀作者在书市签名售书。意外地接到这个邀请，于我来说无异于天上掉下一块腊肉，心情是格外愉悦。我晓得，不说是在全国，就是在我们广西，出版过著作的壮族作家少说也有一个连，这等好事怎么就轮到我了呢！

纳闷归纳闷，但这等好事除了傻蛋之外又有谁会拒绝呢！就算是没有人买我一本书，能去书市逛一逛也是一件幸福的事。于是，我如期来到美丽的桂林，在那个豪雨如注的上午，出现在少数民族图书展馆的签售台前，签售我的第一部长篇小说《生生长流》。更令我感动的是，一位一直关注我创作的刘老师还给我送来了一束鲜花。事后我才知道，刘老师是冒着大雨几经辗转才把花送到我手上的。要知道，在那种场合里，那束沾着点点水珠的鲜花和带着墨香的图书一样，都是我生命中不可或缺的至爱，是同等的重要。

和众多的创作者不同，我出生在闭塞的桂西北山区。念小学之前，我们家乃至整个村子讲的都是壮语。我所认识的一点零星汉语，是那些小学老师和下乡干部或是电影里的人物捎带来的。那时候，若是能够写一些歪歪扭扭的汉字，模仿几句电影里的台词，我便会得到大人们跷以大拇指夸赞。我先是用汉字涂鸦，又尝试用汉字给远在外地的哥姐写信，用汉字写作文。就这样，一个山里孩子从来都不敢做的梦，便在人们复杂的目光注视下悄然生成了。此后，无论是在工厂干活还是在基层工作，我从来都不曾放弃读书写作。当然，读文学书更是让我的精神生活变得滋润充盈。徜徉在用文字构筑的宫殿里，我如一个饥饿的穷人住进了米仓，身体日趋强健，文思日臻健全。

虽说写书的野心产生于何年何月我已经模糊了，不过最初可能只是出于好奇，后来便又觉得干这种事情会让自己快乐充实，甚至可以让虚荣心得到短暂的些许的满足。然而，最令我无法明了的是，这种无形的野心居然在时刻导引我，让我在自己的人生道路上身不由己，不能自拔。一个从小不认识汉字的人变成了一个能够写书著述的人，一双摸机器的手拿起了笔，一个政治专业的人混进了作家协会。之后，创作也就成了我人生的一个主题。

窗外的秋阳让人生出无尽的遐想，更让我多了一份缅旧的心怀。追忆五年前的书市，那份荣光至今依然让我心跳不已。每个人都有属于自己的一条人生路，而作为一个爱好写作的人，我的路无疑是用书作为垫脚石，作为阶梯，从遥远的桂西北一直铺陈到远地他乡。

2009 年 11 月 18 日于南宁凤岭

慈眉善目的凌云人

秋色愈深，南宁的气候愈变得凉爽而干燥。对面楼的某个老者便时常因气候变化而不停地打喷嚏，那一连串响亮的声音，听起来有些怪异，有些酣畅，还伴有点点童声，完全不像是一个老人发出的。因为刚从凌云县回来，于是我就想，如果此翁在凌云生活，或许就不会对季节这般敏感了。

这是实话。凌云那个地方，有好山好水，有好茶好饭，更有好的空气，就是待在河边或者山顶呼吸，喉咙和心肺也是沁爽沁爽的，就像是被泗水河抚洗过一般。

人们常说“一方水土养一方人”，这是地理上的哲学，也是一种养生文化，它包含的信息是多方面的。对我而言，凌云那个地方和凌云人，与别的地方和别地方的人是有明显不同的。他们讲的西南官话，时常带有加重的尾音，时常对某个字眼加重语气，使话语更加抑扬顿挫，语言的色调愈发丰富。此外，凌云人给我的印象都是慈眉善目的，待人很有一副热心肠。

最早一个给我这种印象的凌云人叫岑立。他说其实他的全名叫岑立咪，后来读大学时听人建议把后面那个字去掉了。显然，前面那两个字包含了姓氏和排辈。不过，他这个人的本真其实是后面那个“咪”字，因为他给我的感觉是整天笑眯眯的，很乐观，也很亲切。他的到来很快就赢得了我们全家的好感。

岑立先生大约是二十世纪六十年代末到我们村锻炼的，那时候他刚从广西师院毕业。听说是响应伟大领袖毛主席的号召，先到农村锻炼一段时间再安排工作。因为我们家是贫农，大哥、二哥是吃公家饭的，三哥又在部队，所以家庭出身不好的他就被安排住到了我们家。岑立给我的第一印象是瘦，瘦削的脸上架着一副高度近视眼镜，他不仅脸瘦，双臂双腿也是瘦条条的。每天傍晚，我和四哥都陪他到驮娘河去洗澡。脱光了衣服，我们三个大小男人都是一样瘦。那时我想，我们小兄弟瘦是农村缺少食物，大学毕业生为什么也这么精瘦呢？

虽然人瘦，岑先生干起活来却不含糊，无论收割水稻还是挑柴火，都是快手快脚的，一个可以顶我们兄弟两个。晚上，岑先生便成了我们的老师。他先是在我们的本子上写了英语字母和化学元素表，然后在油灯下用浓重的凌云口音认真地给我们讲授。他能写一手好字，跟印刷体一样，他说是刻蜡版搞宣传品练就出来的。在我这个初一学生眼里，他是一个无所不知的老师，语文、数学、英语、物理、化学样样都能，只可惜我比较贪玩，学习不认真，很快就被勤奋好学的四哥甩到了后面。

好多年后，岑老师从乡里的中学调到县中，为了生活我也早早地参加了工作。我们时常在县城的道路上相遇，每次远远地看见他步履匆匆笑脸相迎，我都觉得心里暖暖的。他其实就是我兄长，我的良师益友。后来，岑老师调回了凌云中学，听说官至中学校长。这么善良积极的人，早晚会得到重视的。

老杨是我认识的第二个凌云人。当时，老杨是西林县数得着的笔杆子，是县文化馆的工作人员。在我眼里，老杨是个励志的大哥。虽说他读的是粮食学校，后来到乡下粮站工作，但是他爱好文学，听说在学校时就参加文学社写诗了。从凌云到南宁上学，毕业后被分配到相对遥远偏僻的西林县，这对老杨来说，可谓是一个巨大的挑战。那时候，从百色到西林要先到隆林住一晚，第二天早起从隆林去西林，尽管只有八十多公里的路程，班车却要走一个上午。于是，那时候在西林工作的干部，奋斗的目标就是如何能够调离西林，翻过沙梨坡（隆林和田林间的一个地名）。

不过，相对于别人而言，老杨给我的印象一直是从容自信的。每次见面，他都绽出一张笑脸，像极了传说中的菩萨。因为和粮食系统的特殊关系，尽管当时粮油供应紧缺，但老杨同志一直油光满面，大米面条油料肯定缺不了。然而，一个人如果只是不缺少营养就会经常笑，那也是把人想得简单了。后来混熟了，我才慢慢悟出来，老杨脸上的微笑其实是来自文学。由于文学的滋养，老杨成了一个不计生活环境，保持乐观态度的人，成了一个在逆境中生存、保持微笑的人，成了一个靠笔杆子改变自己命运的人。

因为经常在报纸刊物上发表文学作品，后来老杨得到了领导的赏识，调到了县革委宣传部。那时候我在县革委当通讯员，整天给领导办公室、会议室扫地打开水，发送文件信件，分拣报纸，时常因这因那遭到领导的批评。但老杨和别人不一样，他对我的态度跟对别人的态度是一样的，从来不吝惜他那副标志性的笑脸。那时的老杨和另外一个老杨的工作，就是为县里写一部反映剿匪题材的长篇小说。我除了主动帮他们打印稿子，还成了他们的第一读者。以至后来，每次看到报刊发表了老杨的作品，我都在第一时间把报刊送到老杨的办公室，向他报喜祝贺。每当他把刊登他作品的报纸杂志摊开阅览时，他的表情却变得和平时不大一样了，佯装严肃的眉梢也难以掩饰他内心的喜悦和欣慰。

在老杨笑脸的照耀之下，我也渐渐对文学产生了更浓厚的兴趣，每天晚上都少不了要阅读一些作品。有时候生怕干扰到同伴的休息，还借着电筒光悄悄地看，直至听到街上鸡鸣。更重要的是，由于受两个老杨的影响，后来我也在不知不觉中，走上了一条和他们同样的创作道路。而这个凌云的老杨，不仅自己坚持笔耕，还影响了自己的女儿小杨。现在的小杨，已经是青出于蓝而胜于蓝，在广西乃至全国，都有了属于她的文学地位。

和老卢认识，是在二十世纪八十年代初，我们有幸一起在广西民族学院干训部政治班学习。那时候我是西林县委办秘书，老卢是凌云财政局副局长，和我们一起学习的还有凌云农机局的和沙里乡的领导。和我见过的其他凌云人一样，老卢的特点一个是爱笑有幽默感，一个是做事情认真细致，再就是对人真诚。他为人乐观豁达，从来不和别人计较得失。他尊重老师，不耻下问。和老卢在一起学习的那一年里，可以说我看到了老卢许多特有的品质。于是老卢成了另一个和我交往比较深的凌云人。

一年的学习时间很快结束，回去后不久老卢便升任局长。再后来，老卢凭着自己精湛的业务技术，调到了地区财政局工作，成了掌管地区财权的一名领导。不管老卢到了哪里，他都没有忘记我这个小老弟。不管工作多么繁忙，老卢都会主动给我打个电话或是写一页字。有一次，我老家的县歌舞团想买乐器缺少资金，找我帮想想办法。窘困之时，我忽然想起了老卢。想不到我只给他写了一封信，说了县歌舞团的困难，他很快就有了回应。几个月后，那笔资金终于解决了。

像老卢这样热心肠的凌云人一定不会少，哥创便是其中的一个。同为文友，哥创不仅酒量大，而且会做狗肉。因为他为人豪爽真诚，热情直率，他便自然而然成了我在百色一个彻彻底底的狗肉朋友。这些年来，因为共同的爱好，我还结识了像廖世和、陈懋催、向志文、罗南、黎创英等一些凌云土生土长的文友。在他们的背后，其实隐藏着那一方水土深厚的人文熏陶，仰赖千百年的文化滋养，依靠岑王老山一样浑厚的精神支撑。

在芸芸众生之中，我会永远记住那些慈眉善目的凌云人。

2015年秋于南宁凤岭

彼岸华文作家的中国情

2006 年 5 月下旬，受北美华文作家协会的邀请，以中国作家协会副主席张炯为团长，以湖北作家熊召政、江苏作家周梅森、陕西作家雷涛、青海作家张德成（察森傲拉）、北京作家韩小蕙、广西作家黄佩华、宁夏作家余光慧和中国作协外联部主任陈立钢等为成员的中国作家代表团访问美国。这个由 11 名作家组成的代表团，我是唯一的壮族作家团员，自然多有几分得意，也更多有几分感怀。我是第一次踏上美利坚的土地，可以说是期待已久了。

来到美国，我印象最深的是处处都能感受到华人作家同行的殷殷中国情。我们一行在纽约刚一落地，就得到纽约华人作家们热情周到的接待，从东部到西部，整个行程都为我们安排得既有美国特点又有浓烈的中华文化色彩，让我们这些来自祖国的作家，在开了眼界的同时又感觉到了温馨和踏实。

从纽约肯尼迪国际机场出关，我们即刻看到几张华人男女亲切的笑脸，他们便是前来迎接我们的纽约华文作家协会的赵会长夫妇，以及赵淑侠、陆建业等作家。尽管大家来不及更多寒暄问候，但在机场还是匆匆地留下了一张珍贵的合影。初到美国，一切对我来说都是新鲜而又神秘的。在通往纽约市区的路上，赵会长夫妇便不厌其烦地给我们当起了导游，使我们对纽约、对美国和对华人社会迅速地有了初步的印象。当晚，中国驻纽约总领事馆设宴招待了我们一行。

纽约华文作家协会是世界华文作家协会的一个分会，现有华文作家会员100多名，成员主要来自中国内地、港澳台地区和欧洲、东南亚地区，其会刊是不定期出版的《文萃》报。世界华文作家协会成立于1992年，现有会员3000多人，遍及七大洲35个国家和地区，是目前海外最大的华文文学团体。北美华文作家协会的创始人马克任既是会长，又是世界日报的副董事长。2005年秋，纽约华文作家协会曾经受中国作家协会邀请组团访问中国，从此拉开了两地作家交流的序幕。作为回访，我们这次受邀访问美国东部和西部的纽约、华盛顿、波士顿、洛杉矶等7个州的8个城市，为期12天。

最令我们期待的是和纽约及北美华文作家们的会面。到达纽约的第二天早上，我们从位于新泽西州的住地出发，乘船游览了纽约曼哈顿岛后便穿越皇后区前往法拉盛。之前我就听过法拉盛的大名，这是一条新的“唐人街”，也是纽约的一座新兴华人城市。进入城区，果然是一派中华气氛。繁体中文招牌的商店门面和广告牌，以及以黄色面孔居多、操着天南地北华语的人流，很容易让人误以为这是在香港或者台湾的街头。

这天中午，我们见到了久仰的北美华文作家协会会长马克任先生。在一家颇具规模的中餐馆里，新朋加上老友，两张大桌坐得满满的，丰盛的佳肴和美酒，彼此举杯祝福问候，彼此嘘寒问暖。这是纯粹中国式的聚餐，纯粹的兄弟姐妹叙谈，热闹而不失优雅，酣畅而又不失诚挚。席间，两地作家除了叙聊文学，自然也少不了文化方面的交流与碰撞。譬如，在座的美方华文作家就非常关心大陆和台湾的文学，还有国内的助学扶贫和农民工等问题，大陆作家们都当即一一予以解释和答疑，使大家彼此的中国心跳得更近。

酒足饭饱，下午是正式的欢迎仪式和座谈交流。主人为我们举行了一个颇有些场面的见面会。除了北美作家协会马老会长和纽约作家协会赵会长外，我们还正式认识了王鼎钧、赵淑侠、冰子、宣树铮、魏碧洲、周匀之等一些在海外华文创作上有贡献的知名华文作家。大家同台相会，畅所欲言，谈的是华文文学的话题，探讨的是作家的创作使命与责任感，彼此进一步加深了认识，情感也进一步靠近。

我们的到来，被冰子先生称为“破冰之旅”。后来我才知道，这是中国作家协会首次组团访问纽约和北美。

离开纽约去华盛顿，我们不仅得到了中国驻美大使馆文化参赞舒晓先生的宴请，同时还拜会了美中政策基金会总裁兼共同主席王冀先生。在华盛顿期间，我们还拜访了美国国会图书馆并向该馆赠送了各自出版的作品，与亚洲部主任李华伟博士和卢雪乡女士、《世界日报》记者谭焕瑛等进行了交流。交谈中获知，李华伟博士对广西甚为了解，他曾经在桂林居住，还到过柳州、南宁旅行。而卢雪乡女士更是名人之后，其祖父就是旧西南名人卢汉。卢雪乡女士在梧州居住多年，加上祖籍广东南海的谭焕瑛，我们便用白话大谈家乡的今昔，真是倍感亲切。

离开纽约和华盛顿，我们一行便在东部地区进行了数天的参观考察，游历了费城、巴尔的摩、水牛城和波士顿等城市，走访了哈佛大学和麻省理工学院。结束东部的行程，我们乘班机西飞抵洛杉矶，继续西部的参观访问。

在洛杉矶，我们拜访了当地颇具影响的《世界日报》，还参观了好莱坞环球影视城，目睹美国文化产业的发展现状，尽管只是窥豹一斑，仍令我们感叹不已。回顾这次访美，我除了深切感受到华人作家们的热情和为人之外，更感受到他们对祖国、对整个中华民族的一种挚爱之情。

这次中国作家代表团访问美国非常成功，受到了当地华文媒体的关注。纽约《世界日报》的大华府新闻以《中国作协，赠书国会图书馆》为题在头条位置进行了报道，《新泽西周报》也发表了长篇报道文章《互访架桥梁，共探文学路》。此外，《世界日报》《明报》《侨报》《星岛日报》等中文报纸均做了充分的报道，让我们倍感亲切和温暖。

我向往这种纯粹血源的没有一丝杂质的交流。

2006年夏于南宁风岭

后　记

我从20世纪80年代初开始写点豆腐块文章，先在地区级刊物《右江日报》和《右江文艺》上发表，之后逐渐在省级的《三月三》《广西文学》露脸，再后来登上国家级的《民族文学》，整个过程花了七八年时间。而从开始发豆腐块作品到出版长篇小说，则差不多花了20年。

熟悉我的朋友都晓得，这30多年间我都坚持业余搞创作，而且主要是写小说。曾经在包括《上海文学》《当代》《小说家》《青年文学》《花城》《作家》《作品》《漓江》《江南》《清明》等几十家刊物上发表了数十篇中短篇小说。此外，还在长江文艺出版社出版长篇小说《生生长流》，在中国青年出版社出版长篇小说《公务员》，在作家出版社出版长篇小说《杀牛坪》，在上海文艺出版社出版长篇小说《河之上》《五月病》，在江苏凤凰文艺出版社出版小说集《逃匿》。同时，还在漓江出版社出版《广西当代作家丛书·黄佩华卷》，在广西民族出版社出版小说集《南方女族》《远风俗》。之所以罗列这些，是想证明我这些年主要是个写小说的，没别的意思。

当然，我也偶尔写一些散文或类似散文的东西。经过一番翻箱倒柜，终于搜罗出一些发黄的纸片。这些豆腐块文章，虽说有点鸡零狗碎，不成系统，但却是我这些年的情感记录，既是生命过程的阅历，又是另一种心灵史，都是有感而发的真言心语，可谓真情流露。这些年这些只言片语，有一部分发表于《散文选刊》《广西文学》《中国国家地理》等杂志，但大多刊登在《文艺报》《广西日报》及其子报之《健报》和《南国早报》上，也有的发表在《羊城晚报》和《南方周末》上，有些还被选刊转载。

散文属于非虚构作品，它的价值在于真实，在于活生生地忠诚于生活，忠实于作者，在于它的时代性。因此，能把自己这些年的这些隐私这些证据收起，或多或少一定是有意义的。

广西民族出版社一直是我的福地。第一部小说集出版后不久即获得了第四届全国少数民族文学创作优秀作品奖（“骏马奖”前身），第二部小说集即是“我们丛书”之《远风俗》，不仅斩获广西文艺创作“铜鼓奖”，还获取了第七届全国少数民族文学创作“骏马奖”。可以说，我在文场上的大部分重要荣誉都和这两本集子有关。在此要大声说一声：感谢！

这次在策划“我们丛书”第二辑的过程中，我决定把所有发表过的散文精心筛选，汇聚成集，以《生在平用》作为书名推出。我想，这既是我大半生的人生经验积累，又是我奉献给自己一份烈酒般的精神财富。

文章千古事，得失寸心知。在追求梦想的路上，总是还有缺失和不足，总是觉得自己努力不够，难免会有些许的遗憾。感谢父母给予了我生命，感谢那些一直默默支持帮助我的贵人，感恩伟大的时代。

2019 年 2 月 15 日于南宁